STEPHAN SEIDEL

Sternenlichter

-

Reflexionen der Seele

Bibliografische Information der Deutschen Nationalbibliothek

Die Deutsche Nationalbibliothek verzeichnet diese Publikation in der Deutschen Nationalbibliografie; detaillierte bibliografische Daten sind im Internet über dnb.d-nb.de abrufbar.

© 2013 / 2017 Dr. Stephan Seidel

Titelfoto: Prism Fotolia_65773033_M.jpg by ktsdesign

Herstellung und Verlag:
BoD – Books on Demand, Norderstedt

ISBN 978-37431-4978-6

Widmung

Für meine Mutter

Inhaltsverzeichnis

TEIL 1: NOESIS **7**
    Spiel des Lebens 8
    Der Spiegel 14
    Das Schicksal 22
    Die Seelenschlucht 31
    Aktenzeichen XY - F 35
    Ein Tag im November 38
    Die Waldarbeiter 44
    Das Fragment 53

ZWISCHENSPIEL: DER GRÜNE PLANET **59**

TEIL 2: BERICHTE AUS DEM ZWEIMALKER **79**
    Gibs auf! 80
    Pars pro toto 82
    Denkvermögen 85
    Der Verlust des Opfers 88
    Die Eishöhle 94
    Begegnung der dritten Art 105
    Die Konfrontation 108

TEIL 3: HYPOMOCHLION **111**
    Der Angler-Effekt 112
    Sternenlicht 116
    Der Silvesterschwur 130

NACHWORT **133**

Teil 1: Noesis[1]

„[...] nämlich dasjenige, was mich erfreute oder quälte, oder sonst beschäftigte, in ein Bild [...] zu verwandeln und darüber mit mir selbst abzuschließen, um sowohl meine Begriffe von den äußeren Dingen zu berichtigen, als mich im Innern deshalb zu beruhigen."

(JWG)

---

[1] Griech. „Denkakt"

Spiel des Lebens

Peter Harris stieg aus dem Aufzug und lief einen langen Gang entlang, der nur spärlich beleuchtet war. Er ging an Türen vorbei, aus denen die monotonen Stimmen verschiedener Fernsehprogramme ertönten. Vor der Türe mit der Nummer 1876 blieb er stehen; es gab keine Schlösser, sondern nur einen Kasten mit einer Scheibe. Harris legte seine Hand darauf und wartete, bis das rote Licht blinkte und ein Piepsen bestätigte, dass es seine Wohnung war. Die Tür öffnete sich mit einem Summton. Innen war es still und dunkel. Ein Schnipsen mit den Fingern gab Signal für die automatische Beleuchtung. Harris legte seinen Mantel ab und setzte sich vor den Fernseher. Sofort drückte er den Einschaltknopf, der in die Armlehne des Sessels eingelassen war; ein Mann in einem schwarzen Anzug erschien auf dem Bildschirm: „Guten Abend, liebe Fernsehzuschauer! Willkommen zu den Syntown-News! Kommen wir nun zu ..." Harris schaltete das Gerät aus. Es war wie immer. Jeden Abend kam er nach Hause und wusste nichts Besseres mit sich anzufangen, als die wechselnden Bilder des Fernsehers zu betrachten. Erneut bediente er den Knopf an der Sessellehne. „Bleiben Sie auf diesem Kanal; wir zeigen Ihnen gleich die neuesten Bilder von dem spektakulären Geiseldrama ..."

„So kann es nicht weitergehen", dachte Harris. In diesem Moment blitzte es! Er fuhr zusammen. Der Fernseher war erloschen, sowie das Licht in seiner Wohnung. Harris stand auf und sah aus dem Fenster: alles dunkel. „Ein Stromausfall", war sein erster Gedanke und er bewegte

sich nicht. Dann tastete er sich vor zur Tür, schaute hinaus auf den Gang, der im matten Licht der Notbeleuchtung lag. Kein Geräusch war zu hören. Unschlüssig lief er weiter, bis er vor einer Tür mit der Aufschrift „TREPPE" stand. Völlig außer Atem befand er sich etliche Minuten später am Eingang zu dem Hausblock, in dem er wohnte. Als er den Kopf in den Nacken legte und das hohe schattenartige Gebäude sah, spürte er, wie groß es war. Ihn überkam ein sonderbar beklemmendes Gefühl, er drehte sich um und rannte fort. Ziellos hetzte er durch die Straßen. Erst im Park von Syntown stoppte er. Vor ihm erhob sich der mächtige Turm, von dem aus man die ganze Stadt überblicken konnte. Harris blieb stehen und schaute auf den Anfang mehrerer Stufen. Dort hinauf zog es ihn aus einem ihm unbekannten Grund, über den er auch nicht nachdenken wollte. Er eilte die Treppe hinauf und oben angekommen sah er: Die ganze Stadt, alles lag in tiefster Finsternis. Nicht das kleinste Licht schien. Wieder – diesmal noch stärker, doch nicht beängstigend – überkam ihn jenes Gefühl, unendlich allein zu sein. Er sah zum Himmel empor, überall blinkten kleine Sterne, in der Ferne leuchtete der Mond.
„Seltsam", sagte er langsam.
„Die Wahrheit!", hörte er eine Stimme unvermittelt hinter sich.
Harris zuckte zusammen und fuhr herum, konnte jedoch nichts erkennen. „Muss wohl eine Einbildung gewesen sein!", sagte er und blickte wieder zum Mond.
„Keine Einbildung!", vernahm er die Stimme erneut und Harris erschrak abermals. Er bemerkte einen Schatten und schließlich einen alten Mann, der auf einem Stuhl saß und ebenfalls den Himmel betrachtete.

„Wer sind Sie?", fragte Harris. „Kommen Sie oft hier her?"

„Heute, weil heute ein besonderer Tag ist", waren die Worte des Alten.

„Wie meinen Sie das?", wollte Harris wissen und sah sich das Gesicht des Alten genauer an: Er hatte einen kleinen Kopf, weißes Haar, eine spitze Nase, einen langen Bart und war überall mit kleinen Fältchen und Runzeln übersät. „Der könnte glatt über hundert sein", dachte er.

„Ich werde es dir erklären", wurde Harris aus seinen Gedanken gerissen. „Was hast du bisher aus deinem Leben gemacht? Welches Ziel oder welchen Sinn hast du verfolgt?", hörte er den Alten fragen. Harris verspürte eine Leere in sich: „Ich … ich habe eine Arbeit, eine Wohnung, zu essen und ..."

„Sieh' der Wahrheit ins Auge!", wurde er hart unterbrochen. „Du hast dich zum Teil eines weltweiten Systems machen lassen. Ich wette, das Erste, was du nach Feierabend tust, ist, sich vor den Fernseher zu setzen!"

„Woher wissen sie ...", entfuhr es Harris, doch der Alte winkte ab: „Immer dasselbe." Dann zog er etwas hervor. „Was habe ich hier in der Hand?"

Harris kannte es, er hatte das schon einmal gesehen. „Ich weiß! Das ist ein ... das ist ein ...", versuchte er sich zu erinnern.

„Schachspiel!" Der Alte gab es ihm. „Was fällt dir daran auf? Schau es genau an!"

Harris prüfte das Schachbrett von allen Seiten: „Es ist unvollständig! Da steht nur eine Figur drauf, obwohl mehrere benötigt werden! Ich kenne sogar die Bezeichnung der Figur: Es ist ein Bauer!" Er schaute stolz auf.

„Ja, ein Bauer. Doch für diesen Zweck ist das Spiel vollständig."

„Aber nein", wehrte Harris entschieden ab: „Das Spiel ist sinnlos, so wie es jetzt ist. Mit nur einer Figur kann doch nicht gespielt werden!"

„Es ist *dein* Spiel!"

Harris starrte in das Gesicht des Alten und versuchte es noch einmal: „Nein, das ist unmöglich!"

„Es ist dein eigenes Spiel, das du bis jetzt gemacht hast!"

„Aber was macht das für einen Sinn? Mein Spiel? Dann wäre ich ... dann wäre ich ...!"

Der Alte nickte: „Da hast du es doch richtig erkannt und gleich noch so schnell. In der Tat macht es keinen Sinn, was du bis heute getan hast. Nichts macht einen Sinn."

Harris wurde nervös. „Das kann nicht sein. Das glaube ich nicht!"

„Das glaube ich gerne. Aber hier geht es nicht um den Glauben, erst recht nicht um deinen." sagte der Alte.

Harris zitterte leicht. „Ich weiß, was ich zu tun habe", stieß er hervor, „ich stelle einfach weitere Figuren auf die Felder.

„Und wenn es keine weiteren Figuren gibt?", entgegnete der Alte, doch Harris gab nicht auf: „Doch, ich finde welche. Ganz bestimmt. Irgendwo."

Der Alte zeigte keine Reaktion. Harris schaute ihn bittend an: „Sie müssen es doch wissen! Sagen Sie mir, wo ich andere finde. Helfen Sie mir!"

„Ich kann nicht. Es ist dein Spiel!"

Harris fuhr sich mit der Hand durch die Haare und überlegte kurz. „Ich habe die Lösung gefunden", rief er plötzlich, „ich werde endlich anfangen zu leben!"

„Du rückst also weiter mit dem Bauern über ein leeres Schachbrett und nennst das Leben?", fragte der Alte.

Harris taumelte zurück und hob abwehrend die Hände: „Nein, nein, hören Sie auf, davon will ich nichts wissen! Ich kann mein Leben ändern. Ganz bestimmt!" Er drehte sich um, stolperte die Stufen herunter, und als er unten angekommen war, hastete er weiter durch den Park. Die Stadt lag immer noch im Dunkeln, doch er schien es nicht zu bemerken. „Ich werde ein neues Spiel anfangen, ich werde alles ändern", hämmerte es in seinem Kopf, während er durch die Straßen rannte. Als er an seiner Wohnung angekommen war, blieb er stehen und lauschte. Nichts. Kein Laut. „Ich muss das Spiel gewinnen!", war sein Gedanke, als er die Tür öffnete und eintrat. In diesem Moment wurde es schlagartig hell. Die ganze Umgebung schien in einem gleißenden Licht zu versinken. Harris riss die Arme schützend vor seine Augen. Vorsichtig blinzelte er hinter seinen Händen hervor. Dann hörte er plötzlich eine Stimme aus dem Fernseher: „Der Stromausfall in Syntown ist vorbei. Ein neuer Tag hat begonnen, doch keine Sorge, auch heute werden wir Sie über alles informieren."

Harris ging zu seinem Sessel und setzte sich vor den Fernseher.

Bemerkung des Herausgebers:

Es wäre aber auch folgende Variante möglich beginnend an der Stelle: „Harris fuhr sich mit der Hand durch die Haare und überlegte.", wo es dann weiterginge mit:

„Ich hab's. Ich habe die Lösung gefunden", rief er plötzlich. „Was geht mich dieses Schachbrett überhaupt an?"
„Es ist dein Leben!", rief der Alte, doch Harris schüttelte den Kopf: „Es scheint so. Und tatsächlich: Wäre das Leben im Großen wie im Kleinen eine Maschine, ein Prozess, so hätten Sie Recht: Ich könnte mich nicht ändern, würde noch nicht einmal den Wunsch haben, es zu tun. So aber kann ich es wollen, kann neu anfangen, und wenn ich das einmal begriffen habe, gibt es einen Neubeginn!"
„Unsinn!", sagte der Alte ärgerlich. „Pure Illusion!"
„Eine Neuschöpfung ist es! Ich kann sie vollbringen!"
„Du?", fragte der Alte ungläubig.
„Ich!" Harris sprach das Wort zum ersten Mal bewusst aus. „Ja: Ich! Weil *ich* es *will*." In diesem Moment schaute er den Alten skeptisch an: „Wer sind Sie eigentlich, dass Sie das alles bezweifeln und scheinbar alles besser wissen, ohne mir genau zu antworten, geschweige denn mir zu helfen? Wer sind Sie?"
Kaum hatte er diese Worte gesprochen, sank der Alte als Schemen in sich zusammen. Ein schwarzes Ei lag vor Harris auf dem Boden, welches sogleich zu zerplatzen begann, kleine Risse breiteten sich überall auf der Schale aus. Als es auseinanderbrach, flog eine Fledermaus hastig davon und ein schwarzer Pudel mit stumpfem Fell trollte sich kläglich jaulend in eine Ecke.

Harris verließ den Turm und änderte sein Leben.

Der Spiegel

Harry Russel lehnte an der Ampel und wartete darauf, dass sie Grün zeigte. Neben ihm stand ein junger Mann, der eine Schachtel Zigaretten aus seiner Tasche zog und sich eine in den Mund steckte. Die Art, wie er ein zweites Mal in seine Tasche griff, verriet Russel, dass er nach einem Streichholz suchte. Schließlich gab er es auf und blickte herüber: „So ein Pech! Jetzt will ich eine Zigarette rauchen und habe kein Streichholz. Haben Sie vielleicht eines?"
Russel verzog keine Miene, sagte stattdessen: „Ist eh ungesund", und lief weiter. Nach ein paar Schritten griff er in seine Manteltasche, zog eine Zigarette heraus und brannte sie mit einem Feuerzeug an, das er ebenfalls mit hervorgebracht hatte. Genüsslich paffend ging er die Straße entlang. Vor einem Geschäft blieb er stehen und sah ins Schaufenster. Dort bediente eine Verkäuferin mehrere Frauen, die aufgeregt auf sie einredeten. Russel betrat den Laden und ging zu der Gruppe, die sich in der Zwischenzeit im Halbkreis um die Verkäuferin aufgestellt hatte. „Diese Hose ist viel zu klein, obwohl Sie mir versichert haben, dass sie nicht einlaufen wird!", echauffierte sich eine rundliche Frau und hielt eine rote Strumpfhose hoch.

Russel betrachtete sie und sagte mit gelangweilter Stimme: „Die Hose ist nicht eingelaufen, sondern Sie hatten wahrscheinlich ein bisschen zu viel Nachtisch!" Plötzlich waren alle Stimmen verstummt. Die Frau blickte auf Russel und schrie: „So eine Unverschämtheit! Ich verlange sofort eine Entschuldigung von ihnen!"

„Verlangen Sie, was Sie wollen, aber für die Wahrheit entschuldige ich mich nicht", konterte Russel und bog einfach in den nächsten Gang, wo eine alte Frau stand, die verzweifelt versuchte, eine Vase zu erreichen, die sehr weit oben stand. Russel stellte sich neben sie und lächelte. Nach zwei weiteren gescheiterten Versuchen sagte sie: „Ich will diese Vase da!" Russel sah sie an, überlegte und erwiderte: „Ich wünsche viel Erfolg." Dann drehte er sich um und lief zum Ausgang. Draußen angekommen überquerte er die Straße, bog um die Ecke und bemerkte einen Bettler, der auf dem Bordstein saß und einen Hut vor sich hielt, an dem ein Schild befestigt war mit der Aufschrift: „Bitte eine Spende!" Russel stellte sich vor ihn und sah auf ihn herab: „Nimmst du auch Arbeit an?" Der Bettler zuckte zusammen, tat aber so, als ob er ihn nicht gehört hätte: „Eine kleine Spende bitte. Ich habe Hunger." Russel wechselte die Straßenseite, denn ein Geschäft mit der Aufschrift: „Antiquitäten und Sammlerstücke" hatte seine Aufmerksamkeit auf sich gezogen. Er dachte nach: Heute war er zu einer Geburtstagsfeier eingeladen und hatte noch kein Geschenk. Er betrat den Laden, eine Klingel ertönte und eine Stimme rief: „Schauen Sie sich ruhig um, ich komme gleich!"
„Es wäre besser, wenn Sie mich sofort bedienen würden, oder Sie haben einen Kunden weniger!", rief Russell verärgert. Ein Husten war die Antwort und wenige Sekunden später erschien ein kleiner Mann aus dem hinteren Teil des Ladens. Während des Gehens stützte er sich auf einen Stock. „Sie wünschen? Mein Name ist Glochpitz, stets für Sie da!", meinte er und blinzelte Russel verschmitzt über seine Hornbrille an.
„Ich brauche etwas Originelles für eine Geburtstagsfeier. Es sollte aber nicht zu viel kosten, verstehen Sie?"

„Tja, mal sehen", erwiderte der Verkäufer und huschte durch den Raum. „Wissen Sie, es gibt hier viele Dinge und das ist es auch, was diesen Beruf so interessant macht", erzählte er, während er einen Gegenstand nach dem anderen zum Vorschein brachte. „Dieser Kamm zum Beispiel war im Besitz der Königin von England und diesen Ring hier trug Napoleon bei seiner Schlacht gegen ..."
„Ich brauche ein Geschenk, keinen Kitsch!", unterbrach ihn Russel schroff. „Ist das alles, was Sie haben?"
„Jedes Stück besitzt seine eigene Geschichte!", fuhr der Alte fort und drehte sich um. In der Hand hielt er einen Spiegel. „Und ich glaube, ich habe auch schon das Passende für Sie gefunden!"
Russel seufzte: „Sie haben Glück, dass ich dringend ein Geschenk brauche, sonst wäre ich schon längst gegangen. Aber ehrlich, guter Mann: Was soll ich mit einem Spiegel?"

Der Alte sah ihn mit leuchtenden Augen an. „Ein Spiegel ist ein wunderbarer Gegenstand. Er zeigt nur das, was er sieht. Bereits die alten Ägypter waren von ihm fasziniert." Voller Überzeugung deutete er auf den Spiegel: „Kaufen Sie ihn. Sie wissen ja gar nicht, was er für Sie bedeuten wird!"
Russel begann nervös mit den Fingern auf die Tischplatte zu trommeln: „Schöne Geschichtchen. Also, wie viel soll er kosten?"
Der Alte erwies sich als gewiefter Verkäufer und so dauerte es eine ganze Weile, bis sie sich auf einen Preis geeinigt hatten.

Endlich stand Russel wieder vor seiner Haustür und schloss sie auf. Er legte seinen Mantel ab und den Spiegel auf die Kommode neben der Tür. Gegen Abend verließ er die Wohnung. Er trug jetzt einen schwarzen Anzug und stieg in das bestellte Taxi. Russel saß auf dem Rücksitz und starrte aus dem fahrenden Wagen hinaus auf die vorbeiziehenden Lichter der Großstadt. Der Fahrer versuchte, ein Gespräch zu beginnen: „Schlechtes Wetter heute, finden Sie nicht auch? Schönen Anzug, den Sie da haben; sind wohl zu einer Feier eingeladen – ist es eine Hochzeit? Meine Frau und ich haben auch gerade geheiratet!" Russel reagierte auf keine der Fragen. Als das Taxi nach zehn Minuten an einem Haus anhielt, stieg er aus: „Wie viel?" „15 ohne Trinkgeld." Russel streckte ihm zwei Scheine hin: „Fürs Dummquatschen lege ich nichts drauf. Stimmt so!" Mit diesen Worten drehte er sich um, ging den Weg des Vorgartens entlang, klingelte und wenige Sekunden später öffnete sich die Tür. Ein dicker Mann mit Zigarre im Mund stand vor ihm. Sein klobiger Körper war in einen engen Anzug gezwängt und um sein Handgelenk hing eine protzige Uhr. Neben ihm stand eine dünne Frau; um ihren Hals trug sie mehrere schwere Goldketten und ihre Finger waren mit Ringen förmlich überladen. Der Dicke nahm Russell den Mantel ab, seine Frau drückte ihm die Hand: „Harry, wir freuen uns riesig! Komm, wir bringen dich gleich zu den anderen Gästen." Russel überreichte das Geschenk, die Frau legte es auf einen Tisch: „Wir werden es später aufmachen." Dann fügte sie noch ein „Dank, Dank!" hinzu. Der Dicke schob seine Frau beiseite: „Lass gut sein, er braucht erst einmal ordentlich was zu essen!", und führte Russel zum Büfett. „Hab' zwar vorhin schon mal kräftig

zugelangt, aber ich glaube, ein bisschen vertrag ich noch! Lang zu, das Zeug muss weg!"
Russel füllte seinen Teller, setzte sich an einen der Tische und wartete, bis der Dicke neben ihm Platz genommen hatte. Dann fingen beide an zu essen. Der Dicke stopfte es förmlich in sich hinein; dabei liefen ihm Schweißperlen über die Stirn. – Nach drei Stunden war alles vorbei. Russell befand sich wieder in seiner Wohnung und zog soeben auf der Bettkante seine Schuhe aus, als plötzlich die Türklingel läutete. Erstaunt hob er den Kopf: „So eine Frechheit, auch noch um diese Zeit. Sicherlich wieder irgendein Nachbar. Na warte!" An der Tür angelangt, schob er den Sicherheitsriegel vor und machte sie einen Spaltbreit auf. Vor ihm stand der Dicke und hielt etwas Eingewickeltes in der Hand. Russel sah direkt, dass es der Spiegel war, den er geschenkt hatte. Doch ehe er etwas sagen konnte, drängte der Dicke das Päckchen durch den Schlitz und raunzte: „Für solch schwarzen Humor haben wir nichts übrig", drehte sich dann um und lief die Treppe herunter. Russel schaute ihm erstaunt nach. Er schloss die Tür, rannte zum Fenster und öffnete es. Als er den Dicken unten über die Straße hasten sah, rief er: „He, Tony, was ist mit dem Spiegel? Ist er kaputt?"
Der Dicke blieb stehen und schrie wütend: „Ich weiß nicht, was du dir dabei gedacht hast und welcher Trick dahinter steckt, aber du sollst wissen, dass ich es geschmacklos finde!" Russels unverständliche Miene schien ihn noch mehr zu reizen und er brüllte weiter: „Du brauchst dich nicht zu verstellen! Du weißt ganz genau, dass der Spiegel präpariert ist. Mir ist nur noch unklar, wie du es geschafft hast, dass er bei mir anstelle meines Spiegelbildes ein Schwein und bei meiner Frau einen

Totenkopf gezeigt hat. Aber eines sage ich dir: Dieser Scherz kostet dich unsere Freundschaft!" Daraufhin stieg der Dicke in sein Auto und fuhr weg. Russel schloss das Fenster und wickelte den eingepackten Spiegel aus. Er nahm ihn hoch und hielt ihn sich genau vors Gesicht. Das, was er sah, erschütterte ihn. „Kein Spiegelbild!", stieß er hervor. „Kein Spiegelbild! Das ist doch unmöglich!" Kalter Schweiß lief ihm über die Stirn. Er legte den Spiegel auf den Tisch und lief ins Badezimmer, bückte sich, kramte aus dem kleinen Schränkchen einen anderen Spiegel hervor, hielt ihn vor sein Gesicht und seine Hand begann zu zittern: „Hier habe ich ein Spiegelbild!" Russel lief zurück ins andere Zimmer und hob den Spiegel vom Tisch auf: Darin war sein Gesicht nicht zu sehen! Am ganzen Körper zitternd sank er auf einen Stuhl und zündete sich eine Zigarette an. Langsam drehte er seinen Kopf und starrte nochmals in den Spiegel. Der Anblick, der sich ihm bot, war schockierend: Der Spiegel hatte sich schwarz verfärbt und schien von allen Seiten her durch kleine Risse aufzuplatzen. Russel schleuderte ihn zu Boden. „Teufelswerk! Das ist Teufelswerk!", stammelte er. Der Spiegel blieb mit dem Rücken nach oben liegen. Ein Schrei entfuhr Russels Kehle: Aus der Fassung und den Ritzen tropfte Blut! Voller Panik wollte Russel aus dem Zimmer rennen, aber die Türe ging nicht auf, irgendetwas schien sie zu blockieren; er versuchte, sie mit aller Gewalt zu öffnen und bemerkte dabei nicht, wie sich das Feuer, entfacht durch die heruntergefallene Zigarette, immer weiter im Raum ausbreitete.

„Wir sind hier fertig!", rief einer der Feuerwehrmänner Kommissar Miller zu. Eine Reporterin näherte sich dem Kommissar und hielt ihr Mikrofon hoch. Mit einer typischen Berichterstatterstimme wendete sie sich an ihn: „Ein Feuer hat diese Wohnung heimgesucht. Bei mir habe ich Kommissar Miller vom Branddezernat. Er wird uns jetzt erklären, wie es zu diesem schrecklichen Vorfall kommen konnte."

Kommissar Miller blickte in die Kamera: „Es handelt sich um einen Mann, circa sechzig Jahre alt und unverheiratet. Brandursache war eine heruntergefallene Zigarette. Der Mann hatte sie sich angesteckt und war dann auf dem Sofa eingeschlafen – das Übliche, wir kennen das ja leider mehr als genug."

„Gab es denn keine Chance mehr für ihn?", warf die Reporterin ein und der Kommissar gab sogleich zur Antwort: „Nein, selbst wenn er aufgewacht wäre, hätte er keine Möglichkeit gehabt, den brennenden Raum zu verlassen. Die Fenster sind vergittert und unsere Experten haben festgestellt, dass sich die Tür, aus bisher noch ungeklärten Gründen, verklemmt hatte. Das ist alles, was ich Ihnen dazu sagen kann."

Bemerkung des Herausgebers:

Es wäre aber auch folgende Variante beginnend an jener Stelle möglich: „Ein Schrei entfuhr Russels Kehle: Aus der Fassung und den Ritzen tropfte Blut!"

„Wach ich oder träum ich?", rieb er sich die Augen. Nachdenklich lehnte er sich einen Augenblick zurück: Es war ihm, als würde sein ganzes bisheriges Leben in Form eines Gemäldes vor ihm stehen, das ihm zeigte, wie er sich bisher verhalten hatte und was das Resultat davon war. – Nein, so wollte er nicht sein!

Da wandelte sich dieses Bild und wenngleich er seine früheren Taten nicht ungeschehen machen konnte (dies zeigte sich durch dunkle Flecken an einzelnen Stellen), so lichtete es sich allmählich, und zwar umso mehr, je aufrichtiger in ihm der Entschluss wuchs, sich zu ändern. Als Russell den Spiegel aufhob und hineinblickte, sollte ihn *dieses* Bild von nun an nicht mehr verlassen.

Das Schicksal

Kommen wir nun zu den Nachrichten! Zurzeit wird Chasstown von terroristischen Anschlägen heimgesucht, die offenbar willkürlich geschehen und keinem Muster folgen. Weitere Einzelheiten nun von unserer reizenden Reporterin ..."

Peterson schaltete in einen anderen Kanal. „Nur Gewalt und Sensationshascherei." Während er im Sessel lag und durch die Kanäle schaltete, hörte er draußen die Glocke vom Kirchturm schlagen: neun Uhr morgens. Heute war sein freier Tag und er wollte sich ein paar wichtige Baseballspiele ansehen. Bis dahin dauerte es jedoch noch und deshalb versuchte er, die Zeit durch Anschauen von Quizsendungen zu verkürzen. Plötzlich begann das Fernsehbild zu flimmern: „Heute Abend um sieben hat sich auf der Zentralstraße ein tragischer Unfall ereignet; dabei wurde eine Person von einem Auto überfahren. Sie war sofort tot. Wie sich herausstellte, handelte es sich um einen Mann namens Peterson." Das Bild flimmerte erneut und verschwand.

„Elender Kasten!", schimpfte Peterson und schlug mit der flachen Hand auf das Gerät. Als sich das Bild abermals stabilisiert hatte, kam er aus dem Staunen nicht mehr heraus. „... und Morton Garrit hat es geschafft. Er ist der Gewinner des heutigen Tages und fliegt nach ..." Peterson war verblüfft. Wo eben noch ein Ansager von einem Verkehrsunfall berichtet hatte, lief nun das Fernsehquiz. Er schaltete durch die Kanäle, doch auch nach fünf Minuten hatte er nichts gefunden, was der Sendung kurz zuvor ähnelte. Schweißgebadet lehnte er sich zurück, um sogleich wieder aufzuspringen: „Ich rufe James

an. Vielleicht hat er die Meldung auch gehört!" Peterson griff zum Telefonhörer, wählte eine Nummer und wartete.
„Ja, bitte?"
„Hallo, James, hier ist Peterson. Welchen Kanal hast du eben gesehen?"
„Geht's dir gut, Peterson?"
„Es ist wichtig", rief Peterson aufgeregt, „war es Kanal 12? Los, sag' schon! War es 12?"
„Ja natürlich! Du weißt doch, dass ich um diese Zeit immer die Quizshow gucke!"
„Bist du dir wirklich sicher, dass du ihn gesehen hast?", bohrte Peterson weiter. Nun wurde sein Partner am anderen Ende der Leitung unruhig: „Was ist los, Peterson? Ich sehe seit mindestens 1 Stunde diesen Kanal und nichts Auffälliges ist passiert! Was hast du?"

Peterson legte auf. Nervös ging er im Zimmer auf und ab. „Habe ich mir das alles nur eingebildet?", und andere Gedanken schwirrten in seinem Kopf herum. Nach 10 Minuten war er zu dem Entschluss gekommen, für den Rest des Tages seine Wohnung nicht mehr zu verlassen. Um ganz sicher zu gehen, kroch er in sein Bett und versuchte zu schlafen. Nach ungefähr drei Stunden wachte er auf. Er nahm ein Buch aus dem Regal und begann darin zu lesen. Gegen ein Uhr bekam er Hunger. Normalerweise war er um diese Zeit in dem kleinen Restaurant unten an der Ecke und aß das Tagesmenü. „Warum habe ich gestern nicht noch eingekauft, dann hätte ich jetzt wenigstens etwas Richtiges zu Essen im Haus", ärgerte er sich. Sein Magen knurrte laut. Widerwillig stand er auf und zog sich Hose und Hemd über, schlüpfte in seine Schuhe und ging zum Fenster. „Nicht viel los", stellte er mit Blick auf die leere Straße fest. Noch immer ging ihm die Meldung durch den Kopf. Schließlich drehte er sich um, zog seinen Mantel an, schloss die Tür hinter sich ab und ging die Treppe herunter. „Wäre doch gelacht, wenn ich mich durch so einen Humbug von meinem Mittagessen abbringen ließe", murmelte er, als er die letzte Stufe genommen hatte und auf dem Fußweg vor seinem Haus stand. Vorsichtig schaute er erst zur linken und dann zur rechten Seite. Alles war wie leer gefegt, nur eine verwahrlost ausschauende schwarze Katze streunte an ihm vorbei. Langsam lief er zum Zebrastreifen, blieb stehen und vergewisserte sich, dass kein Auto kam, um dann blitzartig über die Straße zu rennen. Auf der anderen Seite angelangt blickte er zurück, so als ob er prüfen wollte, die Straße sicher überquert zu haben. Er nickte zufrieden und ging in das Restaurant, das sich fünfzehn Meter weiter von ihm befand.

Eine Stunde später kam er, seine Pfeife schmauchend, wieder heraus, bog um die Ecke und spazierte einen asphaltierten Weg entlang. Bald hatte er den Park erreicht und setzte sich auf eine Bank. Er lehnte sich zurück und sah sich um. Etwas weiter entfernt spielten einige Kinder Ball. Peterson griff in seine Tasche und zog ein kleines Schachbrett hervor. „Dabei hat man die beste Chance zu gewinnen!", pflegte er zu sagen, wenn jemand wissen wollte, warum er alleine spielte. Nach einiger Zeit stand die Sonne genau über dem Park. Er zog den Mantel aus und knöpfte sein Hemd etwas auf. „Wie schön ruhig es hier doch ist!", dachte er und merkte nicht, wie er auf der Bank eindöste, die Hände vor dem Bauch verschränkt, den Kopf auf die Brust gesenkt. Plötzlich zuckte er zusammen. Etwas hatte seine Schulter berührt. Langsam

drehte er sich um und begann zu zittern. Er sah einen Schatten hinter seinem Rücken, der auf ihn zukam. In der Hand konnte er eine Pistole erkennen. „Nein!", schrie Peterson laut auf, „nein, ich will nicht sterben! Ich mache alles, was Sie wollen!" Gleichzeitig riss er seine Hände hoch und schloss seine Augen.
„He, Mister", hörte er eine Kinderstimme sagen, „wir wollten doch nur unseren Ball holen. Er ist uns beim Spielen in diese Richtung geflogen!"
Peterson öffnete die Augen. Vor ihm stand ein kleiner Junge mit einer Baseballmütze auf dem Kopf. Hinter einem Busch kamen zwei weitere Kinder hervor. Eines von ihnen hielt einen Ball unter seinem Arm. „Wir haben ihn gefunden. Komm jetzt, wir spielen weiter!"

Beide liefen davon. Peterson sah ihnen nach. Der Junge vor ihm stand immer noch da. „Sie haben sich aber ganz schön erschreckt, was, Mister", grinste er breit. Peterson wurde rot und zeigte auf die Pistole: „Hat mir wirklich einen Schrecken eingejagt, das Ding!" Der Junge drückte ab und ein kleiner Wasserstrahl spritzte heraus. „Ist doch nur Wasser! Völlig ungefährlich!" Dann rannte er den anderen nach. Peterson atmete tief durch: „Ich sterbe wohl noch eher an einen Herzschlag als an ..." In diesem Moment erinnerte er sich wieder: die merkwürdige Nachricht von heute Morgen! „Scheint wohl doch alles Einbildung gewesen zu sein", stellte er fest und machte nun einen ruhigeren Eindruck als noch wenige Stunden zuvor. Er sah auf seine Uhr und merkte, dass er über zwei Stunden auf der Bank verbracht hatte. Mittlerweile standen die Zeiger schon auf fünf, und es wurde Zeit für ihn zu gehen. Er packte sein Schachspiel zusammen, das neben ihm lag, stand langsam auf und schritt den Weg durch den Park entlang. Er spürte ein Ziehen in der Magengegend: Knoblauch regt die Verdauung an, hatte ihn auch schon der Restaurantbesitzer gewarnt. „Es muss doch hier irgendwo eine Toilette geben!" Peterson krümmte sich leicht nach vorne.

Nach fünf Minuten hatte er sie endlich gefunden. Es war ein kleiner Bau, der seitlich des Parks lag. Der Innenraum war schwach beleuchtet, sodass er Schwierigkeiten hatte, sich zurechtzufinden. Peterson ging in eine Kabine und schloss hinter sich ab. Nach zehn Minuten kam er wieder heraus und schien sichtlich erleichtert. Er beugte sich über das Waschbecken und drehte den Wasserhahn auf. Plötzlich überkam ihn das Gefühl, nicht allein im Raum zu sein. Peterson fuhr abrupt herum und hörte einen Aufschrei. Vor ihm stand ein Mann in abgenutzten, alten Kleidern, der ihn erschrocken anstarrte: „Ganz ruhig, Mann! Wollte nur wissen, ob Sie vielleicht ein bisschen Kleingeld haben – wird nämlich lausig kalt heute!"
Peterson blickte ihn an, zog seinen Mantel aus und drückte ihm diesen in die Hand. Während ihn zwei müde, aber dennoch überraschte Augen ansahen, sagte er sichtlich erleichtert: „Ich bin glücklich, Sie getroffen zu haben! Dieser zweite Schreck für heute zeigt mir, dass ich mich geirrt habe. Die Fantasie ist einfach mit mir durchgegangen!" Der Bettler sah ihn verwirrt an und sein Gesicht verriet, dass er nichts von dem eben Gesagten verstanden hatte. Peterson kümmerte sich nicht weiter darum, sondern ging nach draußen in den Park. Er blieb stehen, zeigte mit seinem Finger nach oben und scherzte: „Noch ist es nicht Zeit für mich." Dann lachte er und schlenderte den Weg entlang, pflückte eine Blume, hielt sie an seine Nase und erfreute sich an ihrem Duft. „Die

Welt ist doch zu schön, um sie schon zu verlassen!" Auf einmal griff er sich an den Kopf: „Von heute an werde ich jeden Tag intensiver leben! Dieses Ereignis hat mir gezeigt, wie ich doch kostbare Zeit vergeude. Aber das wird sich ändern!" Fröhlich summend machte er sich auf den Heimweg. Am Zebrastreifen angekommen stoppte er und sah nach links und nach rechts. Von Weitem kam ein Auto angefahren. „Da warte ich lieber, ich habe es ja nicht eilig", dachte er und schaute auf die gegenüberliegende Straßenseite. Dort bemerkte er einen Mann, der in schnellem Tempo angelaufen kam. „Ist der denn blind?", wunderte sich Peterson. „Ich muss ihn warnen, sonst wird er überfahren." Alles, an was er sich noch erinnern konnte, war ein Aufprall, und dass er zu Boden fiel. Als er wieder zu sich kam, lag er auf einer Bahre in einem Krankenwagen und sah, wie sich ein Arzt über ihn beugte: „Na endlich! Sie kommen zu sich."
„Was ist mit dem anderen?", brachte Peterson mühsam hervor.
„Das Auto hat ihn überfahren. Sie hatten Glück, dass Sie über einen losen Stein am Rand der Fahrbahn gestolpert sind."
Peterson fasste nach dem Arm des Arztes und schüttelte ihn: „Der Autounfall! Natürlich!"
Der Arzt machte eine beschwichtigende Handbewegung und sagte mit ruhiger Stimme: „Regen Sie sich nicht auf." Doch Peterson umklammerte weiter dessen Arm: „Den Namen! Sagen Sie mir den Namen des Toten!"
„Ich weiß zwar nicht, was Sie damit anfangen wollen, aber bitte, wenn es Sie so interessiert: Er hieß Peterson. Zumindest stand es in seinem Pass, den wir in seinem Mantel gefunden haben. Warum fragen Sie?"

Peterson spürte, wie ihm kalt wurde. „Im Mantel? Und der Pass war rechts in der Innentasche?" Peterson kam der Bettler aus dem Park in den Sinn – war das denn möglich? „Wie viel Uhr ist es?", stammelte er.
Der Arzt zuckte verwundert mit den Schultern und antwortete: „Gegen Sieben, ich weiß nicht genau, meine Uhr geht etwas vor. Wieso?"
Peterson begann zu lachen. Langsam bekam er wieder Gefühl in seinen Körper und schaffte es, sich alleine aufzurichten. Er gab dem Arzt die Hand und sah ihn mit leuchtenden Augen an: „Eine Verwechslung! Dass ich daran nicht gedacht habe! Ich lebe! Ich lebe! Alles eine Verwechslung!" Seine letzten Worte klangen mehr nach einem Jubelschrei, sodass der Arzt ihn erstaunt anblickte: „Sie sollten sich nicht so aufregen."
„Nein, mir geht es gut. Sie können mich unbesorgt nach Hause gehen lassen, es ist wirklich alles in Ordnung." Peterson öffnete die Tür des Krankenwagens und kletterte heraus. „Das ist direkt hier drüben!" Er zeigte auf die andere Straßenseite.
„Falls Sie Kopfschmerzen kriegen sollten, melden Sie sich doch besser im Krankenhaus", rief ihm der Arzt zu und Peterson sah dem fortfahrenden Krankenwagen nach. Dann ging er zur Außentür, schloss sie auf und knipste das Licht im Treppenflur an. Bedächtig nahm er Stufe für Stufe, bis er die Wohnungstür erreicht hatte. Er suchte in seinen Taschen und zog einen Schlüssel hervor. Als er ihn ins Schloss stecken wollte, merkte er, dass die Tür bereits offen war. „Ich kann mich gar nicht daran erinnern, sie nicht abgeschlossen zu haben", murmelte er und zog sie hinter sich zu. Er ging den Flur entlang und sah Licht in seiner Küche.

„Ja ja, man wird langsam alt!", meinte er und stieß die Küchentür auf. Mitten im Lauf blieb er stehen.
„Nein, alt wirst du bestimmt nicht mehr!", ertönte eine Stimme aus der Ecke. Peterson spürte noch, wie ihm die Wucht der Kugeln einen Schlag versetzte, dass sein Körper gegen die Wand prallte.

Die Uhr im Flur schlug sieben.

Bemerkung des Herausgebers:

Es wäre aber auch folgende Variante beginnend an jener Stelle möglich: „Eine Verwechslung! Dass ich daran nicht gedacht habe! Ich lebe! Ich lebe! Alles eine Verwechslung!" Seine letzten Worte klangen mehr nach einem Jubelschrei, sodass der Arzt ihn erstaunt anblickte: „Es freut mich, dass es Ihnen wieder besser geht; dennoch bringen wir Sie zunächst ins Krankenhaus zu einigen Routineuntersuchungen. Wenn diese positiv verlaufen, können Sie noch heute wieder nach Hause: Mehr als eine leichte Gehirnerschütterung dürften Sie nicht abbekommen haben."
Einige Stunden später saß Peterson im Foyer des Krankenhauses und wartete auf das bestellte Taxi. Da hielt ein Polizeiauto, zwei Polizisten stiegen aus und kamen direkt auf ihn zu. „Sind Sie Mr. Peterson?", fragte der eine.
„Ja, warum?"
„Zum einen hätten wir von Ihnen gerne den Unfallhergang geschildert bekommen, zum anderen müssen wir Sie noch darüber informieren, dass in Ihrer Wohnung heute ein Einsatz stattgefunden hat."
„Ein Einsatz?", wiederholte Peterson verständnislos.

„Sie haben sicherlich die Meldungen in der letzten Zeit mitbekommen über die Terroranschläge. Nun, wir haben an der Unfallstelle Ihren Ausweis gefunden und da Ihre Wohnung nur einige Meter entfernt liegt, wollten wir ihn unter der Türe durchschieben. Dabei stellten wir fest, dass die Eingangstüre aufgebrochen war und in Ihrer Wohnung in der Küche Licht brannte. Unser Mann hat nur dank seiner schnellen Reaktion überlebt. Sie haben Glück im Unglück gehabt."

Die Seelenschlucht

Vor Cohan lag eine weite, saftig-grüne Grasfläche. Von ferne hörte er das vertraute Plätschern eines Flusses. Die Sonne stand hoch am Himmel und umschmeichelte mit ihren warmen Strahlen sanft sein Haupt. Der Wind strich über seine Haare. Die Blätter rauschten und die Äste der großen, kräftigen Bäume wiegten im Luftzug hin und her. Cohan blickte auf die Wiese, die vor ihm lag. Sie war mit Blumen übersät, die in unzähligen Farben leuchteten. Er wendete den Kopf und blickte in Richtung des Plätscherns, das er gehört hatte. Nur zu gerne hätte er seine Füße in das kühle Nass getaucht, mit Freude hätte er sich in das Grün der Wiese gelegt, den Wolken bei ihrem Spiel im Wind zugesehen, das Gezwitscher der Vögel in sich aufgenommen und die Kraft der Natur auf sich wirken lassen. Doch irgendetwas hielt ihn davon ab. Cohan blickte in die Ferne. Eine riesige Bergkette lag vor ihm. Sie war so hoch, dass die Gipfel im Himmel verschwanden. Die Berge waren wie große Pfeiler, die ihn eingrenzten; sie kamen ihm wie die Gitterstäbe einer Gefängniszelle vor und plötzlich fühlte er sich unwohl. Seine Füße setzten sich in Bewegung. Einen Schritt nach dem anderen, ganz langsam ging er, immer am Ufer des Baches entlang, der genau auf die Berge zufloss. Er spürte ein Brennen auf seiner Nase. Die Sonne stand im Zenit und er beschloss, mit gesenktem Kopf weiterzugehen, den Blick beständig auf seine Füße gerichtet, die sich kontinuierlich ihren Weg vorwärts bahnten. Seine Hand glitt zum Reißverschluss seiner Jacke und zog ihn hoch. Auf einmal war es kalt geworden. Die Sonne war hinter dicken Wolken verschwunden. Seine Füße begannen zu schmerzen. Der Weg war jetzt mit Steinen bedeckt. Es waren große Steine und kleine, zackige und runde, spitze und flache.

Da spürte er etwas auf seiner Wange: ein Regentropfen. Der Himmel war mit schweren, dunklen und bedrohlich aussehenden Wolken verhangen. Urplötzlich öffnete er alle Schleusen und der Regen prasselte hernieder. Der Weg weichte auf und war nun schlammig. Bei jedem Schritt sanken seine Füße ein, doch er nahm seine ganze Kraft zusammen: Wenn er stecken blieb, zog er seine Beine wieder aus dem Morast heraus, und wenn er stolperte, dann richtete er sich auf und schleppte sich weiter vorwärts. Unerwartet fiel sein Körper zu Boden, das Gesicht in eine der unzähligen Pfützen, die sich gebildet hatten. Er wälzte sich zur Seite, spuckte Wasser, ein Hustenanfall, sein Körper zuckte. Cohan stand mühsam auf. Zum ersten Mal nahm er wahr, wo er sich befand. Seine Gesichtszüge verkrampften. Obwohl er völlig durchnässt war und fror, trat ihm der Schweiß auf die Stirn. Im gesamten Umkreis war von der Wiese und den Bäumen keine Spur mehr. Stattdessen hatte sich die Landschaft in ein riesiges Sumpfgebiet verwandelt. Blasen stiegen hervor und gaben ein blubberndes Geräusch von sich, wenn sie zerplatzten. Nebelschwaden waberten, Schilfpflanzen und Farne ragten aus dem Moor heraus, das ringsum alles bedeckte. In weiter Entfernung standen einige Bäume, die alt und vertrocknet waren. Sie erweckten den Anschein, schon seit Jahren nur noch auf den Sturm zu warten, der sie entwurzelte. Cohan blickte nach rechts. Der Bach war noch da, jedoch nicht mehr mit dem kristallklaren Wasser gefüllt, sondern braun mit Schaum überzogen. Cohan wurde übel: Exkremente trieben an die Oberfläche und weit hinten schwamm der aufgeblähte Kada-

ver einer Ratte. Er würgte und sah wieder auf den Sumpf. Ein Griff in seine Hosentasche brachte eine Geldmünze zum Vorschein. In weitem Bogen warf er sie weg, sah, wie sie auftraf und blitzschnell im Morast versank, ohne ein Geräusch von sich zu geben. Sie war einfach verschwunden, so als hätte sie nie existiert. Cohan taumelte. Alles war nur noch ein einziger, riesiger Tümpel. Seine Beine waren schon bis zur Hälfte darin untergegangen. Verzweifelt drehte er seinen Kopf in alle Richtungen. Ein Ast, ein Baumstamm, irgendetwas Festes suchte er, um sich daran festzuhalten. Doch er fand nichts. Immer tiefer sank er ein. Der Schlamm zog Cohan unerbittlich, Stück für Stück, tiefer. In ahnungsvoller Todespanik schrie er um Hilfe; der Morast reichte bis zu seinem Hals. Noch wenige Sekunden, vielleicht eine halbe Minute blieben ihm.
„Ich will nicht sterben", brüllte er und versuchte, seine Arme aus dem klebrigen Pfuhl freizubekommen. Er strampelte mit seinen Beinen, doch sie fanden keinen festen Untergrund. „Ich will nicht ster-!"

Aber er starb nicht.

Bemerkung des Herausgebers:

Viele Menschen sind schon in eine Situation hineingeraten, in der sie nicht anders konnten als festzustellen: Es geht und geht nicht weiter –, und es ging doch immer weiter.

Wie viele Menschen gibt es, die bemerken, dass zu ihrem Weiterkommen die Stagnation nötig war?

Aktenzeichen XY - F

"Habe ich dafür gearbeitet? Um in einer kleinen Wohnung zu sitzen, abgeschnitten von der Außenwelt, nur mit einem Fernseher?" Frampton saß in seinem Sessel. Die müden Augen blickten auf die flimmernde Mattscheibe. Seine alte Hand griff nach der Fernbedienung. Ein Knopf wurde gedrückt, das Bild wechselte. „Das kann es nicht gewesen sein!", murmelte er und sah wieder auf die Fernsehscheibe. Sein Gesicht spiegelte sich darin: ausgezehrt, runzlig, am Auffälligsten die Augen – ohne Glanz, tief eingefallen.

„Vielleicht sollten wir die Vorhänge aufmachen, dann ist es nicht so dunkel, was meinst du, Schatz?", fragte er in Richtung des Sessels, der neben ihm stand. Keine Antwort erfolgte. „Gut, dann lassen wir es eben so, wenn du nicht willst; mir soll es recht sein!"

Er zog die Decke höher über seine Beine. Dann hustete er, wobei das rasselnde Geräusch in seinen Lungen kaum zu überhören war. „Nein, ich gehe nicht zum Arzt, das legt sich wieder. Und außerdem, wofür denn noch?", schimpfte er. Seine Augen blickten wieder auf den Fernseher. „Nachrichten – dass ich nicht lache! Ich will gar nicht wissen, wo wieder einmal ein Betrug, ein Unfall, ein Anschlag stattgefunden hat. Ich will es nicht wissen! Wer interessiert sich denn für uns? Hat uns irgendeiner gefragt, ob wir von zu Hause wegwollen? Nein, da hat sich niemand drum gekümmert. Und nun soll ich mich dafür interessieren, was andere für Probleme haben, wo doch schon meine eigenen kaum zu ertragen sind?" Ein Ruck ging durch seinen rechten

Zeigefinger, das Bild verschwand und wurde durch ein neues ersetzt.

„Talkshow!", spottete er verächtlich und betonte das Wort dabei absichtlich übertrieben, so dass es wie „Dalgschau" klang. „Was haben diese Grünschnäbel schon zu erzählen? *Ich* könnte etwas erzählen – aber", seine anfangs laute Stimme wurde jetzt leise, „uns hört ja niemand zu."

Wieder änderte sich das Bild. Schüsse ertönten und die Geräusche eines Hubschraubers. „Ja, der Krieg, immer der Krieg! Er bleibt uns durch die Zeiten treu", sagte er verbittert. „Er hat uns alles genommen, aber wir haben noch einmal ganz neu angefangen! Erinnerst du dich, Schatz? Ich kam gerade aus Gefangenschaft zurück und wir – ganz von vorne. Ach, was würde ich darum geben …" Seine Augen blickten leer: „Ja, ich weiß, du hast recht. Viele meiner Freunde sind nicht zurückgekehrt und ich sollte glücklich sein für die Chance, die mir gegeben wurde. Du kannst mir glauben, Schatz, ich bin es auch, aber du musst mir zustimmen, dass es doch schade ist, wie sich alles entwickelt hat. Wie gerne säße ich jetzt auf der Veranda eines Häuschens, die Pfeife im Mundwinkel, den Hund zu meiner Rechten, das Wasser des nahen Baches plätscherte und die Sonne würde langsam hinter den Bergen versinken. Was würde ich geben dafür!" Ein Seufzen ging durch den Raum. „Ach, Schatz, manchmal bin ich ziemlich unglücklich und wenn ich dich nicht hätte, dann wüsste ich nicht, was ich tun würde. Du bist der einzige Sinn in meinem Leben." Es klingelte. „Ich bin's, ich bringe Ihr Essen", ertönte eine helle Stimme von der Tür.

„Komme schon, Charly!", rief Frampton und schlurfte zur Tür. Vor ihm stand ein junger Mann mit einer Kanne in der Hand. „Heute gibt's leckere Erbsensuppe", sagte er und stellte die Kanne auf den Tisch. Matt erleuchtete die Lampe an der Decke den kleinen Raum.

„Füll die beiden Teller schon mal, ich sage nur schnell Martha Bescheid, dass das Essen da ist", meinte Frampton und verließ den Raum. Charly zuckte mit den Mundwinkeln. „Ja, sicher Mr. Frampton, geht in Ordnung." Er öffnete den Verschluß der Kanne und goss die Suppe heraus.

„Armer Mr. Frampton", dachte Charly, während er den Deckel wieder auf die Kanne setzte und zudrehte, „seine Frau ist schon drei Jahre tot; sie konnte den Umzug nicht verkraften, ihr hat es das Herz gebrochen, als sie ihr kleines Haus verlassen mussten."
Frampton erschien wieder in der Küche. „Sie kommt gleich, sie will nur noch ihre Lieblingssendung zu Ende ansehen, du weißt ja wie sie ist, nicht wahr, Charly?"

„Bestellen Sie ihr einen schönen Gruß von mir, ich muss jetzt wieder gehen. Ich habe noch viel zu erledigen heute." Er stand schon an der Haustür, da berührte ihn Framptom mit seiner Hand kurz am Arm: „Danke. Bis morgen." Die Tür fiel ins Schloss. Langsam schlich Frampton zurück in die Küche, setzte sich an den Tisch und nahm den Löffel in die Hand. Er tauchte ihn in die Suppe; Dampf stieg auf. „Sie ist noch heiß", murmelte er. „Lass es dir schmecken, Schatz."
„Ja, du auch", kam es sanft vom anderen Ende des Tisches zurück.

Ein Tag im November

Es war ein kühler, feuchter November-mittag. Stille lag über dem Park. Eve kauerte auf der Parkbank, die neben einem großen Eichenbaum stand. Ihre Hände waren in den Taschen ihres Mantels vergraben, die Beine hatte sie übereinandergeschlagen. Der Wind blies kalt in ihre langen Haare. Ihre Augen starrten auf die Wiese, nahmen aber das Spiel der Blätter nicht wahr, die vom Wind durch die Luft getragen wurden, sich höher schraubten und dann wieder herabfielen, erneut ihren Weg hoch fanden, um dann endgültig zu Boden zu sinken.

Da stand plötzlich ein älterer Herr vor ihr. „Entschuldigen Sie bitte, darf ich mich setzen?", fragte er höflich und deutete auf den freien Platz neben ihr. Eve nickte gleichgültig. Der Mann setzte sich, griff in seine Tasche und brachte einen kleinen beheizbaren Ofen hervor: „Es ist kalt hier. Nehmen Sie!"
Eve umschloss den Ofen mit beiden Händen. Die Wärme, die er abstrahlte, war wohltuend. „Danke", sagte sie leise und blickte dem Alten ins Gesicht. Ein aufmunterndes Lächeln empfing sie. „Kommen sie oft an diesen Platz?", und er fügte hinzu: „Ich schon, aber Sie habe ich hier noch nie gesehen."
„Ich bin heute zum ersten Mal hier."

Der Alte griff erneut in seine Tasche. Diesmal beförderte er eine Pfeife zum Vorschein. Es gelang ihm nur unter gröbsten Schwierigkeiten, sie anzuzünden; erst als Eve ihren Oberkörper vorbeugte und den Wind abhielt, funktionierte es. „Danke meinerseits", antwortete er und zog an der Pfeife. Die Luft füllte sich einen kurzen Moment mit Rauch, der aber sofort vom Wind weggeweht wurde.

„Ist das nicht ziemlich ungesund?", fragte Eve, worauf der Alte herzhaft lachte: „Ich rauche schon seit über siebzig Jahren und lebe noch immer.– Was natürlich nicht impliziert, dass es gesund ist."

„Siebzig Jahre schon", entfuhr es Eve und der Alte lachte erneut: „Ich bin zweiundneunzig Jahre alt, wenn Sie das meinten."

Ein verlegenes Lächeln huschte über ihr Gesicht. Der Alte sah sie nachdenklich an: „Als ich wie üblich meinen Weg durch den Park nahm, sind Sie mir direkt aufgefallen. Nicht weil Sie auf der Bank saßen, auf der ich auch immer sitze, sondern weil von Ihnen eine solche Traurigkeit ausging. Sagen Sie: Warum sind Sie so niedergeschlagen? Kann ich Ihnen helfen?"

Eve blickte kurz auf. „Nein", sagte sie, „mir kann niemand helfen."

Der Alte beobachtete die Blätter, die von den Bäumen fielen. „Das hat auch schon einmal jemand zu mir gesagt, den ich gut kannte."

„Und – konnten Sie *ihm* denn wenigstens helfen?", erkundigte sich Eve nach einer längeren Pause.

„Nein, leider nicht", antwortete der Alte, „denn er wollte sich nicht helfen lassen."

Eve zuckte zusammen. „Es ist so", sagte sie dann tonlos, „ich weiß weder ein noch aus und ich kann mir einfach nicht vorstellen, dass mir jemand helfen kann. Ich will auch niemanden mit meinen Sorgen zur Last fallen, andere Leute haben selbst genug Probleme." Sie seufzte.

Wieder blies der Wind etwas Rauch aus der Pfeife des Alten davon.

„Viele Probleme, die sich als unlösbar auftaten, entpuppen sich bei genauerer Betrachtung als nicht so schlimm. Sie erscheinen uns nur so, weil sie uns unerwartet gepackt und zu Boden geworfen haben. Da liegen wir nun und anstatt uns aufzurichten, fragen wir, warum uns jemand das antun kann. Dabei würden wir uns wundern, wer den Schlag in Wirklichkeit ausgeführt hat! Also, vielleicht erzählen Sie mir einfach, was Sie so bedrückt."

Eve fuhr sich mit der Hand durch ihre Haare: „Es geht nicht um Geld oder sowas, ich verstehe halt nicht mehr, warum ich lebe. Wozu das alles noch?" Das Reden war ihr schwer gefallen, doch jetzt, wo sie es ausgesprochen hatte, wirkte sie bereits befreiter, wenngleich noch immer bekümmert. Nachdenklich wiegte der Alte seinen Kopf, zog an seiner Pfeife und sah zu, wie sich der Rauch in der Luft verlor. „Der Mensch arbeitet, um später, wenn er alt ist, ein ruhiges und sorgloses Leben zu führen, so heisst es doch immer. Irgendwann stellt er erstaunt fest, dass er sein Leben nicht gelebt und sogar verlernt hat, es zu leben. Dann packt ihn die Angst, die Frage nach dem Sinn des Lebens taucht auf (sie ist so wandelbar!) und er versucht, sie zu verdrängen, weil sie in ihm brennt und wütet und nicht eher besänftigt ist, bis sie beantwortet wurde. Der Mensch kann ihr nicht entkommen. Und man muss sich die Antwort darauf hart erarbeiten, was nicht nur anstrengend, sondern überdies noch zuweilen recht schmerzhaft ist, wie sie es gerade erleben. Und das ist sogar gut so, auch wenn viele dem gerade deswegen ausweichen."

Eve hatte ihm die ganze Zeit über aufmerksam zugehört: „Es stimmt alles, was Sie sagen, aber was bedeutet das für mich?"

„Sie suchen nach Antworten auf berechtigte Fragen, aber sie finden sie nicht. Und natürlich: Sie können sie auch gar nicht von einer Sekunde zur anderen finden."

Eve zog den Mantel fester um ihren Körper. „Ich weiß nicht, ob ich überhaupt jemals eine Antwort finden werde und ich weiß nicht, ob ich das alles noch ertragen kann. Aber soll ich deshalb die Probleme verdrängen und so tun, als existierten sie nicht?"

„Nein", erwiderte der Alte. „Indem Sie die Schwierigkeiten erkennen, haben Sie bereits einen großen Schritt in Richtung ihrer Lösung getan. Viele geben schon auf, weil sie nur den Berg vor sich sehen und gar nicht herausfinden wollen, ob sie ihn besteigen können. Auf den Willen dazu kommt es aber an! Man lasse sich nur nicht von Einwänden schrecken! Sicherlich kann man runterfallen, ein paar Meter, aber das ist dann Zeichen dafür, unaufmerksam geworden zu sein (das Wichtigste aber ist, niemals den gesunden Menschenverstand abhanden kommen zu lassen!).

Es ist mir wirklich nicht daran gelegen, die Vergangenheit mit einem übertünchenden Schleier zu überziehen, auch will ich nicht prahlen oder besserwisserische Ratschläge erteilen, aber ich weiß, was Leid bedeutet, weil ich selbst durch dieses gegangen bin."

Eve blickte ihn direkt an. „Wenn ich mit Ihnen rede, sind meine Sorgen wie verflogen. Sie strahlen so eine Ruhe aus, eine sichere Gelassenheit; die hätte ich auch gerne."

„Sie ist mir nicht zugeflogen und wer behauptet, es gäbe eine Möglichkeit, sie von jetzt auf gleich zu erlangen, ist ein Blender. Selbst heute bin ich manches Mal versucht, zu fragen: Wozu lebe *ich* eigentlich noch? Was hält mich hier? Ich habe keine Verwandten, meine Freunde sind lange tot, also was soll es? Die Antwort darauf klingt scheinbar sentimental, aber es ist schon so: Ist der Mensch nur Zufallsprodukt auf einem Staubballen im endlosen All oder hat das Dasein einen Sinn, für dessen Erfüllung die Erde den Schauplatz bietet? Darüber wollen die wenigsten nachdenken; man behauptet, es habe keinen Wert. Das kosmische Karussel drehe sich unabhängig vom Menschen, so heißt es, aber das ist ein Irrtum.

Ich gehe damit nicht hausieren, Ihnen jedoch darf ich es sagen: Wenn am Weltenende der Wärmetod, von dem die Astrophysiker sprechen, eingetreten ist und kein Stein mehr auf dem anderen steht, so mag diese Vorstellung einen mit Angst und Schrecken erfüllen, dabei liegt es in der Natur der Dinge zu vergehen; Sie finden nichts Materielles, das nicht verfällt. Der Welt ist der Tod immanent und doch: Er kann überwunden werden. Nicht durch technische Apparaturen oder obskure Heilsversprechen, die für viel Geld (und mit dem Hintergedanken der Ausübung von Zwang und Macht) angepriesen werden, sondern durch eine unbefangene Beobachtung dessen, was allgemein als das Unwichtigste erachtet wird: Dass der Mensch denkt, fühlt und will.

Ich bitte Sie, dies nicht als persönliches Glaubensbekenntnis oder gar Bekehrungsversuch aufzufassen; forschen und prüfen Sie nach, was ich sagte, denn Sie müssen die Richtigkeit selbst erkannt haben, wenn es Ihnen nutzen soll. Nur soviel möchte ich anmerken: Sie finden den Weg, wenn Sie dem Verfall, wie er Ihnen in der Welt begegnet, das Lebendige entgegenhalten und beobachten, was sich dem Tod also entzieht. Gibt es etwas, das sich nicht aus dem Materiellen erklärt (sich lediglich in diesem manifestiert)? Dann geht es auch mit dem Tod, dem Verfall der Materie nicht zugrunde, ist es das wahrhaft Bestehende!

Ich weiß, dass es ein hartes Stück Arbeit ist, diese Erkenntnis im Bewusstsein zu besitzen, aber verzagen Sie nicht: Sie selbst nur können sich die Wahrheit verschaffen und den Beweis dafür finden. Keine nebulöse, mystisch schwammige Erkenntnis meine ich damit, sondern eine klare, die Sie nicht vom Leben entfremdet, sondern im Gegenteil lebensbejahender und tüchtiger werden lässt. Das Geistige ist nichts vom Leben Abgezogenes, es durchdringt die Welt oder wie es Goethe sagte: „»*Die Geisterwelt ist nicht verschlossen, / Dein Sinn ist zu, dein Herz ist tot / Auf! bade, Schüler, unverdrossen / Die irdsche Brust im Morgenrot.*«"

Eve lächelte: „Es tut gut, mit Ihnen zu reden. Das ermöglicht mir eine völlig andere Perspektive. Ich habe die Dinge nie so gesehen." Sie stand auf.

Die Waldarbeiter

Heute ist doch mein Geburtstag, darf ich da endlich mit?", fragte der kleine Junge aufgeregt seinen Vater am Frühstückstisch. "Kann ich mit euch gehen?"

"Nimm ihn mit, du hast es ihm versprochen und Versprechen soll man nicht brechen", sagte ein älterer Mann, der die Treppen hinab gestiegen kam.

"Großvater!", rief der kleine Junge freudestrahlend.

"Guten Morgen, Geburtstagskind", erwiderte jener und setzte sich an den Frühstückstisch.

"Aber wir müssen arbeiten und können nicht die ganze Zeit auf ihn aufpassen", gab der Vater zu bedenken. Der Großvater winkte gelassen ab: "Was soll denn im Wald schon passieren? Wir sind doch dabei. Und besser so, als wenn er eines Tages von alleine hineinliefe."

"Er weiß schon ganz gut, auf sich selbst aufzupassen", bekräftigte auch die Mutter, sodass der Vater lachte: "Hört auf, ihr beiden, ich gebe mich geschlagen, er darf ja mit!"

"Prima!", freute sich der Junge und rannte die Treppe hoch in sein Zimmer. "Ich hole meine Jacke!" Nachdem alle fertig gefrühstückt hatten, verabschiedeten sie sich von der Mutter und gingen los. Stolz lief der kleine Junge zwischen seinem Vater und Großvater. "Wann sind wir da?", fragte er alsbald und umfasste die starke Hand des Vaters. "Gleich, mein Sohn, gleich", sagte dieser und wenig später hatten sie die Lichtung inmitten des Waldes erreicht. Ungefähr fünf Baumstämme lagen dort und außerdem stand eine kleine Hütte unweit entfernt. Auf diese gingen sie zu. Der Vater schloss die Türe auf, der Raum bot gerade genug Platz, um die Arbeitsutensilien aufzunehmen und einen winzigen Ofen unterzubringen, auf dem man Suppe oder Kaffee kochen konnte.

„Hier drin gibt es nicht viel zu sehen. Draußen ist es interessanter", sagte der Großvater. „Sieh zum Beispiel den Baumstamm dort; der ist fast dicker, als du groß bist." Der kleine Junge betrachtete staunend den Stamm und berührte ihn ehrfürchtig mit seiner Hand.

„Am offenen Ende kannst du seine Jahresringe sehen", erklärte ihm der Großvater. „Daran lässt sich sein Alter bestimmen. Der hier ist, ohne zu übertreiben, an die hundert Jahre alt."

Der Junge staunte: „So alt? Aber warum fällst du ihn dann?"

Sein Großvater nickte bedeutsam: „Es ist gut, dass du das fragst. Wir brauchen das Holz, daraus werden z. B. Möbel gemacht – doch keine Sorge, wir fällen nicht wahllos, sondern achten darauf, dass immer genügend Bäume nachwachsen. Wir arbeiten mit der Natur, nicht gegen sie."

Der kleine Junge setzte sich auf einen Baumstumpf und sah seinem Vater und dem Großvater zu. Er beobachtete, wie sie die Säge hielten und die Axt schwangen. Als es Mittag wurde, ging der Großvater in die Hütte und kochte eine Suppe, die in drei Blechnäpfe geschüttet wurde, aus denen sie aßen. Dann ruhten sie eine Viertelstunde im Schatten eines großen Baumes und machten sich wieder an die Arbeit. „Du, Papa, es wird mir jetzt doch ein bisschen langweilig; kann ich da drüben zu den großen Bäumen gehen und spielen?" Der Vater setzte die Säge ab und blickte zuerst unentschlossen, dann nickte er. „Also gut, aber merke dir: Geh nicht in den Wald hinein! Du kannst dich verlaufen und dann finden wir dich nicht mehr. Tief im Wald ist es gefährlich."

„Macht euch keine Sorgen, ich spiele nur da hinten bei den großen Bäumen", versprach der kleine Junge und lief davon. Der Vater sah ihm nach und dann den Großvater skeptisch an: „Und wenn er sich doch verläuft –?"

„Keine Sorge, wir haben ja abgemacht, dass er sich nicht zu weit entfernt. Außerdem kannte ich auch einen Jungen, der immer durch die Gegend lief, den ganzen Tag lang. So und jetzt pack an, wir müssen weiter machen."
Beide lachten kurz und setzten das Sägen fort.

In der Zwischenzeit hatte der kleine Junge die Baumgruppe erreicht und stellte sich unter sie. „Oh, sind die groß!", staunte er. Die Wipfel lagen so hoch, dass er seinen Kopf in den Nacken legen musste, um sie zu erkennen. Dann lief er zum Stamm. „Und was für eine dicke Rinde", er fuhr mit den Fingern darüber hinweg. Plötzlich hörte er einen Vogel zwitschern. Was für eine schöne Melodie! Angestrengt blickte der Junge um sich, konnte aber nichts erkennen. „Kleiner Vogel, wo bist du?", rief er und setzte sich auf den Boden ins weiche Gras. Aufmerksam legte er seinen Kopf auf die rechte Schulterseite und lauschte. Da! Er glaubte, die ungefähre Richtung, aus der das Pfeifen kam, ausgemacht zu haben, drehte seinen Kopf und richtig, dort saß der Vogel auf dem Ast eines dicken Baumes. Sein schwarzes Gefieder glänzte hell in der Sonne und sein Kopf war mit bunten Federn bedeckt. Der Junge richtete sich langsam auf. „Du bist aber ein schöner Vogel, sing weiter dein Lied", sagte er und ging auf ihn zu. „Sing, sing dein schönes Lied!", rief der kleine Junge, doch er hatte sich zu weit vorgewagt. Mit einem kurzen Ruck breitete der Vogel seine Flügel aus und schwang sich in die Luft.

„Nein, nicht wegfliegen, bleib hier!" Der Junge rannte ihm hinterher. „Bleib und sing!" Er lief so schnell, wie ihn seine kleinen Beine trugen, wie der Wind sauste er durchs Dickicht. Über Wurzeln, herumliegende Äste und durch Sträucher ging es, immer weiter vorwärts, hinein in den tiefen, dunkler werdenden Wald. Da verfing sich sein linker Fuß in einer Wurzel, die sich über den Waldboden schlängelte. Er fiel nach vorne ins weiche Gras. „Kleiner Vogel, jetzt bist du weg", meinte er und sah ihm nach, wie er im Dickicht verschwand. „Schade, ich hätte ihm gerne weiter zugehört." Er stand auf und klopfte sich Hose und Hemd ab. „Na ja, dann werde ich eben wieder zurück –", mitten im Satz stoppte er und blickte sich um: Wo war er?

Angestrengt versuchte er, sich an etwas zu erinnern, das ihm bekannt vorkam, um sich zu orientieren; doch es war vergebens. „Vielleicht laufe ich einfach in irgendeine Richtung, immerhin bin ich so hier hergekommen und finde damit auch wieder zurück", fiel ihm in kindlicher Naivität ein und er irrte weiter durch den Wald. Er rief nach seinem Vater und Großvater, bis er nicht mehr konnte und erschöpft gegen einen Baum sank.

„Ich hätte auf sie hören sollen", schluchzte er, „ich hätte bei ihnen bleiben sollen." Dicke Tränen kullerten über seine Wangen. „Was soll ich nur machen, was soll ich jetzt nur machen?"

„Warum weinst du?", hörte er da unvermittelt eine Stimme und fuhr erschrocken zusammen. Vor ihm stand ein kleines Mädchen. Es hatte lange blonde Haare, die von einer Spange zusammengefasst wurden, und trug ein blaues Kleid. „Warum weinst du denn so?", fragte sie und der kleine Junge wischte sich mit dem Handrücken übers Gesicht.

„Ich habe mich verlaufen und weiß nicht mehr, wo ich bin. Kannst du mir vielleicht helfen?"

„Trockne dir erst einmal die Tränen", sagte das Mädchen und reichte ihm ein Taschentuch.

„Danke", der kleine Junge nahm es dankbar an.

„Du bist tief im Inneren des Waldes. Wieso bist du so weit gelaufen?", wollte das Mädchen wissen und der Junge antwortete: „Ich habe einen Vogel gesehen, der sein Lied gesungen hat, und plötzlich ist er weggeflogen. Da bin ich ihm nachgelaufen, aber wenn ich gewusst hätte, dass ich mich verirre, wäre ich bei meinem Großvater und meinem Vater geblieben."

„Ach, die Holzfäller?", rief das Mädchen. Der kleine Junge nickte freudig: „Du kennst sie?"

„Ja. Manchmal sehe ich ihnen bei der Arbeit zu", antwortete das Mädchen mit einem traurigen Klang in der Stimme, reichte ihm dann aber ihre Hand. „Komm, dann weiß ich, wo du hingehörst. Ich kenne mich hier aus. Ich werde dir helfen." Der kleine Junge legte seine Hand in ihre und mit flinken Schritten liefen beide durch den Wald. Er wusste nicht, wohin sie rannten, aber er vertraute dem Mädchen, das zielsicher an den großen Bäumen vorbeisteuerte, bis das vertraute Sägen und das Schlagen der Axt zu hören waren.

„Da hinten sind dein Vater und dein Großvater", sagte das Mädchen und zeigte nach vorne.

„Vielen Dank", freute sich der Junge, „ohne dich hätte ich den Weg niemals gefunden!"

In diesem Moment sah ihn das Mädchen ernst an. „Versprich mir, dass du nie wieder so tief in den Wald läufst, versprichst du mir das?", fragte sie ihn und der kleine Junge drückte ihre Hand an sein Herz: „Ich verspreche es dir! Ehrenwort."

Dabei bemerkte er, wie sich die Augen des Mädchens langsam mit Tränen füllten und seltsam berührt davon wendete er sich einen Augenblick ab. „Hör mal, was hältst du davon, wenn ich dich meinem Vater und meinem Großvater vorstelle", sagte er, um die entstandene Stille zu unterbrechen, „die freuen sich bestimmt, wenn du –." Verdutzt hielt er mitten im Sprechen inne. Das Mädchen war nicht mehr da! Alleine stand er in den Büschen und sah sich ungläubig nach allen Seiten um. „Sie war doch eben noch neben mir", wunderte er sich und glaubte an einen Streich. „Hallo, wo bist du?"
Der kleine Junge erhielt keine Antwort. Noch einmal schaute er angestrengt in alle Richtungen, aber sie blieb verschwunden. „Seltsam!", murmelte er und ging auf die Lichtung zu zur Hütte und trat in den Raum.
„Ach, unser kleiner Waldarbeiter ist wieder da! Na, hast du deinen Spaß gehabt? Als Junge habe ich hier auch viel gespielt!" Der Großvater rieb seine Hände aneinander und sah sich um. „Irgendwo muss doch noch ein Tuch sein, wo steckt es nur wieder?"
„Nimm das hier", sagte der kleine Junge und reichte ihm das Taschentuch, das er noch hatte.
„Danke, das ist nett von dir", erwiderte sein Großvater, nahm es und hielt mit einem Mal inne. „Wo hast du dieses Tuch her?", stutzte er und sah dem kleinen Jungen in die Augen, „sag schnell, wo hast du es gefunden?"
„Ich habe es von einem kleinen Mädchen bekommen. Im Wald", stotterte er und der Großvater blickte ihn ernst an: „Du hast es wirklich von einem kleinen Mädchen bekommen? Nicht im Wald gefunden?"
„Ja. Wieso? Was ist damit?", fragte der kleine Junge, doch sein Großvater war bereits aus der Hütte gelaufen. „Peter, komm mal her. Sieh dir an, was ich hier habe!"

Aufgeregt hielt er ihm das Taschentuch hin. „Da! Die Initialen. Das kann doch nicht sein!"

Der Vater untersuchte das Tuch genau, während ihm der Großvater sagte, von wem der Junge es erhalten hatte, der die Umstände schließlich ganz genau erzählen musste. Er berichtete, wie er dem Vogel nachgelaufen war, sich verirrt hatte und von dem Mädchen wieder zurückgeführt worden war. An dieser Stelle wurde sein Vater besonders ernst: „Das Mädchen, wie sah es aus?"
„Sie hatte lange blonde Haare und trug ein blaues Kleid", antwortete der Junge verwundert. „Warum? Was ist denn mit ihr? Kennt ihr sie?"
„Es gibt keinen Zweifel, sie war es!", sagte der Großvater und blickte in den Wald. Der Vater nahm den Jungen bei der Hand und setzte sich mit ihm auf den Baumstamm. Dann erklärte er: „Vor zwanzig Jahren habe ich mit anderen Kindern Verstecken gespielt. Darunter war auch ein kleines Mädchen von der Nachbarfarm; sie hieß Anne. Sie war erst sieben Jahre alt und eines Tages waren wir näher am Wald als sonst; sie war an der Reihe, sich zu verstecken. Wir sagten noch, sie soll ja nicht zu weit weglaufen und unter keinen Umständen in den finstern Wald. Sie blieb verschwunden, trotzdem wir und unsere Eltern tagelang nach ihr gesucht haben."
„Aber woher wusstet ihr denn, dass sie im Wald war?", fragte der Junge und sein Vater wiegte unangenehm berührt den Kopf: „Wie das so üblich ist, wird immer ein bisschen geschummelt und ein anderer Junge sagte später, er hätte sie auf den Wald zulaufen gesehen, aber schnell wieder weggeguckt. Als er noch einmal blinzelte, meinte er, für einen kurzen Augenblick ihr blaues Kleid gesehen zu haben, aber das wäre schon ganz weit, ganz

tief im Wald gewesen, sodass er an eine Täuschung glaubte. Ihre Eltern waren völlig verzweifelt; man hat sie nicht gefunden, sodass wir davon ausgingen, dass sie tot ist."

„Sie ist auch tot", warf der Großvater ein, „der Junge sagte, sie sei ein kleines Mädchen gewesen, nicht größer als er. Peter, das war vor zwanzig Jahren, sie hätte viel älter sein müssen!"

„Ich weiß nicht", meinte der Vater und griff nach der Axt. „Das klingt alles höchst seltsam, aber komm, wir müssen weitermachen. Die Arbeit tut sich nicht von selbst."

Der Junge suchte derweil ein Stück Holz und begann, während sein Vater und Großvater weiter arbeiteten, zu schnitzen. Als die Männer gegen Abend fertig waren und aufbrechen wollten, lief der Junge zu seinem Großvater und fasste seine Hand: „Du, Großvater, kannst du mal kurz mitkommen?"

Der Großvater folgte ihm zu einem Baum etwas abseits und der kleine Junge reichte ihm das Stück, an dem er geschnitzt hatte: „Könntest du das bitte an diesen Baum nageln?"

Der Großvater schnallte den Hammer von seinem Gürtel ab, nahm das Holzstück in die Hand, betrachtete es und lächelte: „Vielen Dank, Anne." Mit zwei kräftigen Schlägen hatte er es befestigt. „Das ist lieb von dir, ich denke, dass sich da jemand ganz sicher drüber freuen wird", sagte er und steckte den Hammer wieder in die Gürtelschlaufe. Dann gingen beide zurück und machten sich gemeinsam mit dem Vater auf den Weg nach Hause.

Von diesem Tag an ging der kleine Junge noch öfters mit zur Lichtung und schaute seinem Großvater und seinem

Vater bei der Arbeit zu. Und manchmal, so war es ihm, glaubte er, das kleine Mädchen zu spüren, wie sie hinter den Büschen im Wald stand und ihnen zusah. An jedem Geburtstag von ihr pflückte er einen Blumenstrauß und legte ihn unter die Holztafel, zum Dank dafür, dass sie ihn damals aus seiner aussichtslosen Lage gerettet hatte und zum Zeichen, dass er sie niemals vergessen und sie ewig in seiner Erinnerung und in seinem Herzen weiterleben würde.

Bemerkung des Herausgebers:

Es ist bemerkenswert, welcher Beliebtheit sich Geister, Grusel- und Gespenstergeschichten nicht nur bei Kindern, vielmehr auch bei Erwachsenen erfreuen. Während der Intellekt sonst so hochgehalten wird, darf und muss in solchen Geschichten das Unmögliche möglich sein. Ernsthaft will sich niemand der Frage stellen: Was wäre, wenn das derart Mitgeteilte *wahr* wäre?

Eine noch viel interessantere Frage allerdings lautet: Was wäre, wenn Geistiges, um das es (in welcher Form auch immer) letztlich geht, *nicht* wahr wäre?

Das Fragment

Matt leuchtete das Licht auf den Tisch, an dem Friedrich N. saß. Kein Laut war zu hören. An den Schläfen spürte er ein Pochen, das sich langsam aber stetig zu einem unerträglichen Druck intensivierte. Ein dunkler Schatten trat von hinten an ihn heran und er fuhr zusammen, sprang erschrocken von seinem Stuhl auf.
„Wie sind sie hier hereingekommen?", rief N. aufgeregt.
„Ich war schon länger hier", sagte die Person.
Mit konzentriertem Blick betrachtete sie N.; dann setzten sie sich. Gleichzeitig. Langsam.
„Sprechen wir das Problem doch einmal durch", begann die Person ruhig, „Sie sind mehr oder minder bekannt und wollen sich mit einem großen Werk noch selbst übertreffen. Nun denn, was möchten Sie schreiben?"
„Ja", zögerte N., „sehen Sie, da beginnt schon das Problem. Schreibe ich etwas, was alle verstehen, scheint es banal – schreibe ich etwas, was nur wenige nachvollziehen können, erscheine ich elitär, was zwar viele als erstrebenswert erachten, aber letzten Endes will ich doch verstanden werden! Deshalb habe ich mir überlegt, es wäre am besten, mit den Menschen ins Gespräch zu kommen."
„Worüber?"
„Jedes Gebiet ist geeignet, nur eines ist wichtig: Es muss die *Wahrheit* Basis und Ziel der Unterhaltung sein, denn es wird so viel gelogen in der Welt, dass es wichtig ist, konsequent die Wahrheit zu vertreten. *Keimzelle der Wahrheit* – das sehe ich als passendes Thema."
„Hm", hustete die Person.

„Ich stelle es mir erhebend vor!", ereiferte sich N., „Das Gespräch, so sagte schon Goethe, ist erquicklicher als alles!"

„Gespräch? Geschwätz!", korrigierte der andere. „Ein Ratschlag aus Erfahrung: Verschonen Sie die Leute damit. Das Publikum will so etwas gar nicht hören. Ernsthaft: Glauben Sie, es interessiert, was *Sie* zu sagen haben? Fordern Sie nicht Veränderung von den anderen, beginnen Sie bei sich selbst! Leute Ihres Schlages glauben, nur Sie könnten den Menschen geben, was jene zum Leben brauchen, Sie seien das Ferment der Kultur. Schriftsteller – ich sage gar nichts dagegen, es ist ein schönes Gewerbe, ein Gewerbe der Schönheit, des schönen Scheins, doch überschreiten Sie die Grenze nicht! Da draußen, dort, wovon und worüber Sie *glauben* zu schreiben, da ist es ganz anders! Verlangen Sie von den Leuten nichts, was Sie selbst nicht erfüllen!"

An dieser Stelle machte er eine kurze Pause, während der er leicht das Gesicht verzog: „Wenn Sie wirklich helfen wollen, dann – und dieser Ratschlag wird Sie vielleicht überraschen – machen Sie einfach so weiter wie bisher. Sie ahnen ja gar nicht, wie viel Sie dadurch bewirken! Vergessen Sie den Idealismus und leben Sie den Realismus! Schreiben Sie so, dass die Menschen das Schlechte in der Welt überwinden können. Aber was heißt eigentlich schlecht – gut? Wer wollte sich anmaßen, über solche Dinge ein Urteil zu fällen, eine Bewertung vorzunehmen? Wer kann mit Sicherheit sagen, dass seine Einschätzung der Lage richtig ist? Vielleicht leben wir ja längst (oder noch immer?) im Paradies und bemerken es nur nicht, weil es uns von den anderen schlecht geredet wird, weil wir verlernt haben, die Wirklichkeit zu sehen?

Schauen Sie, steht dort nicht der Baum der Erkenntnis? Oder ist es nur ein einfacher Baum? Ganz egal, wir brauchen Feuerholz und so sägen wir ihn um!
Verzeihen Sie meine Anlehnung an die Bibel, sie ist so ein großes Buch, ein gewaltiges Buch und immer noch aktuell, aktueller denn je! Das glauben Sie nicht? Denken Sie sich einmal das Folgende: Sie stehen einem Menschen gegenüber – Sie wissen, er hat gelogen; er weiß auch, dass er gelogen hat. Sie sagen: So geben Sie zu, dass Sie gelogen haben. Er sagt: Und ich gebe Ihnen mein Ehrenwort, ich schwöre, ich sagte und sage die Wahrheit. Und die Menge, das Volk? Sie – es weiß auch, dass er lügt, aber sie jubeln dem Lügner zu! *Jene Leute*, die heute jubeln, haben schon einmal gejubelt. Als sie den einen ans Kreuz gebracht haben und den Verbrecher laufen ließen!"
„Ich werde die Menschen aufwecken, damit sie aus ihren Fehlern lernen!", rief Friedrich N., doch die Person winkte ab: „Sie sind wie ein Glühwürmchen, das dem hochmütigen Gedanken verfällt, durch sein kleines Licht die ganze Finsternis erleuchten zu wollen und bei diesem Versuch verglüht. Und so wird es noch dunkler!"
„Dann werde ich nichts mehr tun!", brach es aus N. heraus. „Gar nichts! Nichts."
„Sie sind auf dem richtigen Wege", bemerkte der Fremde wohlwollend, „obwohl: Sie dürfen auch nicht übertreiben. Sie sollen das Schreiben nicht gleich aufgeben, nein, so begabt, wie Sie sind! Aber wenn Sie schon schreiben, dann doch – die – Wahrheit. Sie verstehen?

Schreiben sie zum Beispiel über den Sinn oder besser gesagt den *Un*sinn der Erkenntnissuche überhaupt. Schreiben Sie, wie viel Zeit (wirtschaftlich viel besser zu nutzende Zeit!) vergeudet wird von denjenigen, die glauben, der Mensch könne bis zu den höchsten Wahrheiten vordringen. Schreiben Sie, dass es Grenzen gibt, die der Mensch eben nicht überschreiten kann, dass der Mensch kein so königliches Geschöpf ist, wie er meint. Machen sie den Menschen klar, dass die Erde ein Planet unter vielen ist im großen, weiten Universum. Und auf jenem kleinen Haufen verdichteten Staubes ist der Mensch nur das höchstentwickelte Tier. Irgendwann wird auch er ausgestorben sein. Dann ist die Erde wieder so, wie sie ursprünglich war. Öd, wüst, leer. Sie kam aus dem Chaos, sie verschwindet ins Chaos. Der Kreis schließt sich. Dazwischen der Mensch. Und anstatt seine Zeit mit irrigem Erkenntnisstreben zu vergeuden, sollte der Mensch sein kurzes Leben genießen, denn überdies – er lebt nur *einmal*! Ja! *Das* sollten Sie schreiben! *Das* müssen alle Menschen wissen!"

„Es muss das Alte zerbrechen, damit das Neue entsteht. Ich bin da, um das zu zertrümmern, was dem Menschsein im Wege steht. Ich bin das Dynamit, das die Welt zersprengt, um eine neue zu bauen!" N. hob triumphierend den Füllfederhalter in die Luft.
„*So* fahre fort! So ist es richtig!" Der andere nickte ihm begeistert zu.
„Unterschreiben werde ich mein Buch mit: *Der Gekreuzigte*. Und verschicken werde ich es an alle Politiker, an alle hohen Staatsmänner!"
„Ja", rief der andere, „das tue! Schreibe es so, schreibe alles auf und dann: Bring es der Welt! Sie sollen es hören, alle sollen die neue Lehre verkündet erhalten! Sie alle sollen wissen, was die Stunde geschlagen hat!"

N. kritzelte etwas auf ein Papier, hielt dann unvermittelt inne: „Soll ich es wirklich so machen?"
„Weiter!", hetzte die Gestalt plötzlich, „keine Ausflüchte, keine Pause! Wir haben es eilig, die Zeit drängt! Fahre fort! Ja, das ist gut, nein, das schreib' nicht, das streiche durch! Die Umwertung aller Werte, wir können sie vollenden, wenn du nur nicht schwach wirst, wenn du nur nicht wankst – du – Prophet der Wahrheit, Verkünder der einen Lehre – m e i n   Ü b e r m e n s c h , d u !"

In diesem Moment rettete der Wahnsinn jenen Philosophen, so dass sein Werk Fragment blieb. 3 Fragen blieben für die Zukunft offen, 3 Antworten hatte er nicht gefunden:

1. Warum konnte er nach der Zertrümmerung des Alten nichts Neues schaffen? Weil er, nachdem er Platz geschaffen hatte für den Neuanfang, die Baustelle verließ und noch ehe er den Menschen begriffen hatte, bereits vom *Über*-Menschen träumte.

2. Warum wurde wenige Jahrzehnte später die braune Bestie Wirklichkeit? Weil weder *der* Mensch noch die Tragödie des *Über*-Menschen begriffen worden waren und so nur das *Unter*-Menschliche blieb.

3. Warum wurden weder Mensch, noch *Über*- sowie *Unter*-Mensch begriffen, sondern ersterer verleugnet, der zweite verspottet und der dritte fürchtend geflüchtet?

Weil die Menschheit noch Fragment ist.

Zwischenspiel: Der grüne Planet

Nicht Augenblicke steh ich still
Bei so verstockten Sündern,
Und wer nicht mit mir schreiten will,
Soll meinen Schritt nicht hindern!
(JWG)

Von Ferne sah es aus wie eine kleine grüne Kugel. Sicher steuerte ich meinen Raumgleiter auf den Planeten zu, funkte die Bodenstation an und bekam die Landeerlaubnis, nachdem ich mich korrekt identifiziert hatte. Der Bordcomputer besorgte alles Weitere automatisch und nur wenig später saß ich in einem Raumtaxi, das mich zu meinem Bestimmungsort – dem „Palast" – bringen sollte. Der Planet war überwiegend bewaldet, was der Grund für seinen grünen Schimmer aus der Ferne war, wobei die Bäume groß und kräftig in den Himmel ragten. Dieser seltsame Ort gehörte einem Mann: S. Tarus, dem angeblich reichsten Menschen der Galaxie! Mein Anliegen war es, diesen Geheimnisumwitterten näher kennenzulernen, von dem es sogar in der galaktischen Bibliothek nur vage Eintragungen gab. Gespannt saß ich in dem Raumtaxi und überlegte, wie Tarus wohl aussehen mochte. Arrogant, versnobt, herablassend, prahlerisch oder schüchtern und scheu? Tarus wird einer Gruppe zugerechnet, die sich von der Gesellschaft zurückgezogen hat, den Kontakt mit anderen Planetenbewohnern meidet. Warum und weshalb er dies getan hatte, wird nirgends erwähnt, was ein weiterer Punkt ist, den ich aufklären wollte.

Ich war Dozent für galaktische Frühgeschichte an der Akademie meines Heimatplaneten und per Zufall auf seinen Namen gestoßen, als ich alte Aufzeichnungen durchsah. Tarus war einstmals Leiter archäologischer Forschungsreisen gewesen; mehr Informationen waren nicht zu finden, doch war damit schon meine Neugier geweckt. Seltsamerweise merkte ich, dass meine Suche einigen nicht recht zu sein schien, denn ich erhielt mehrmals unmissverständliche Hinweise, mein Forschungsgebiet zu wechseln. Ich geriet zusehends unter Druck, weshalb ich mich kurzerhand entschloss, Tarus selbst aufzusuchen, um ihn über das zu fragen, was anscheinend nicht in die Öffentlichkeit gelangen sollte. Seinen Wohnort herauszufinden, war nicht schwer, denn gemeldet ist jeder Mensch in der Galaxie (das beginnt mit seiner Geburt, bei der er eine Nummer bekommt, die in einen großen Zentralcomputer eingegeben wird, zu dem ich als Wissenschaftler Zugang hatte): Tarus lebte auf dem grünen Planeten. Dieser war dann allerdings schon schwerer zu finden; auf den normalen Raumfahrkarten war er nicht eingetragen. Erst in Spezialkarten, die übrigens recht teuer waren, konnte ich ihn ausmachen und hatte über Hyperraumfunk Kontakt zu ihm gesucht, den er zu meiner Freude auch erwiderte. Als ich ihm kurz von meinem Anliegen berichtete, hatte er mich spontan zu sich eingeladen und diesen Besuch konnte und wollte ich mir natürlich nicht entgehen lassen.

In diesem Moment erblickte ich den Anfang einer schier endlosen Palastanlage. Sie wirkte fast drohend, so mächtig und kolossal türmte sie sich unerwartet auf. Dabei handelte es sich nur um die äußere Grenze, wie mir später erklärt wurde. Wachposten waren keine zu sehen, allerdings konnte ich kleine Kästen ausmachen, die wohl ein Überwachungssystem darstellten. Ich schloss die Augen und dachte darüber nach, wozu hier derartige Sicherheitsvorkehrungen angebracht waren, doch konnte ich keinen Grund finden. Endlich hatten wir die letzte Mauer erreicht, die gigantisch war: Sie dehnte sich unermesslich breit aus, allein drei riesige Türme waren sichtbar, davon einer exakt über dem Hauptportal, die anderen beiden konnte ich nur schemenhaft in der Ferne beobachten; sie schienen ganz an den äußeren Rändern mit dem Felsen zu verschmelzen, woraus ich erkannte, dass der Palast inmitten eines Tales liegen musste.

Nachdem der Fahrer gewartet hatte und ein Taststrahl über das Taxi glitt, öffnete sich das schwere Tor für seine Verhältnisse sehr leicht und schnell. Dahinter tat sich ein langer Gang auf, durch den das Gefährt lautlos glitt. Dann war der Tunnel zu Ende und zu beiden Seiten tat sich ein weites Gelände auf, das ich dahinter niemals vermutet hätte. Große Gebäude waren überall auszumachen, darunter riesige Fabrikanlagen. So blieb das Bild für eine Zeit, dann wurde der Platz vor uns wieder eben und breit, bis er an einen großen See mündete, über den eine prachtvoll geschwungene Brücke führte. Wir überquerten diese und nun können Worte nur unzulänglich beschreiben, was ich erlebte: Wie ein Zwerg fühlte ich mich angesichts der Komplexität des sogenannten Palastes, derart überdimensioniert war alles. Um es wenigstens in groben Zügen zu beschreiben, fange ich am besten bei der Fassade an, die wie ein altertümliches Schloss gebaut war: Unzählige Zinnen und Fenster und Giebel und Vorsprünge, Terrassen und Balkone; stets von Neuem konnte ich eine Raffinesse beobachten, wie z. B. kleine Tiergestalten, die in das Mauerwerk auf einem Sockel eingelassen waren oder Verzierungen im Beton selbst, extrem aufwendig gestaltet. Dahinter taten sich Kuppeln, Türme und Hallen auf, wobei ich nochmals erwähnen muss, dass alles zusammenhängend verbunden war. Weiter hinten entdeckte ich eine Felswand, sodass mein Eindruck von einem Tal sich bestätigt fand: Der Palast war von drei Seiten eingeschlossen und gesichert, nur von vorn konnte man in das Gelände hineingelangen.

Vor einem großen Säulenportal blieb das Taxi stehen und ich trat hinaus. Sogleich erschienen mehrere Diener; es waren ungewöhnlich gekleidete Menschen, ganz in schwarze Roben verhüllt muteten sie wie Hohepriester an (wer sich ebenfalls für alte Geschichte interessiert, weiß, wie er sie sich vorzustellen hat). Ihre Gesichter konnte ich nicht erkennen. Wir schritten durch ein hohes Gewölbe, das an den Seiten mit den prächtigsten Schätzen versehen war: Kunstvolle Bilder, elfenbeinartige Statuen, der Boden aus spiegelglattem Marmor, die Decke mit leuchtenden Fresken bemalt, goldene Kronleuchter hingen herab mit unzähligen gläsernen Tropfen (aus Diamanten!) geschmückt. Aber, und das finde ich wichtig zu erwähnen, es war kein protziger Luxus, sondern ein ästhetischer. Der Besitzer hatte eine Verbindung zu diesen Dingen hergestellt, was sich daran zeigte, dass alles passend miteinander zu einem großen Kunstobjekt verschmolz. In diesem Augenblick betraten wir eine der großen Kuppelhallen, die zu meiner Verblüffung im Innenraum aus Holz geschnitzt war. Vor einer schweren Eichenholztür blieben die beiden Diener stehen. Ich deutete dies als Zeichen, die Türe alleine zu öffnen, tat dies und trat in ein Arbeitszimmer ein. Es war eingerichtet mit schweren hölzernen Bücherregalen an den Seiten, einem Kamin und Schreibtisch, wuchtigen Sesseln aus Leder und auf dem Boden Parkett. Nachdem ich die Türe wieder geschlossen hatte, begrüßte mich eine freundliche Stimme: „Willkommen, T. L. Galba! Hatten sie einen guten Flug?" Ich nickte und staunte, als Tarus aus dem Schatten der Zimmerecke hervortrat, wo er gerade ein

Buch aus dem Regal genommen und betrachtet hatte: Vor mir stand ein dynamisch wirkender Mann mit klugem Gesicht, zurückgekämmten schwarzem Haar, glatt rasiert und einem durchdringenden, aber keineswegs unangenehmen Blick. Die Gestalt war schlank, kräftig, sehnig. Mit sicherem Schritt kam er auf mich zu und führte beide Hände zum Gruße vor seinem Körper zusammen, wobei er sich leicht verneigte. Ich erwiderte die Geste.
„Haben Sie Hunger oder möchten Sie sich zuerst etwas ausruhen?", erkundigte er sich.
„Danke, nein." antwortete ich, worüber er sichtlich erfreut war: „Dann machen Sie mir die Freude und lassen mich Ihnen den Palast zeigen."
Wir gingen hinaus zu einer geschwungenen Treppe, die in die nächste höhere Etage führte. „Von einem der Türme haben Sie einen guten Überblick über das Gelände." Plötzlich wurden wir von einem jener mysteriösen Diener angehalten, der unvermittelt hinter uns auftauchte: „Eine Raumflotte ist von den Posten der Peripherie entdeckt worden!", meldete er leise. Mit einer Handbewegung entließ Tarus den schwarz Eingehüllten und öffnete unvermittelt an der Wand eine Tür, hinter der sich ein Fahrstuhl verbarg. „Das wollen wir uns ansehen; damit es schneller geht, nehmen wir diese Abkürzung." Unmerklich setzte sich der Aufzug in Bewegung. Am Ziel angekommen surrte die Schiebetür auf und wir traten in einen Überwachungsraum mit unzähligen Computern, vor denen jeweils ein schwarz gekleideter Diener saß, und einem großen Bildschirm am gegenüberliegenden Ende. In der Mitte war ein freies, größeres Pult, das Tarus bediente. Sofort erhellte sich der Hauptmonitor und zeigte die Raumflotte, die der Diener erwähnt hatte. Mir stockte der Atem: Es war nicht nur eine Flotte, es war eine riesige,

eine monströse Vernichtungsmaschinerie, wie ich sie noch nie gesehen hatte!

„Näher ran!", befahl Tarus, der keine Spur von Nervosität oder Erstaunen zeigte. Der Ausschnitt vergrößerte sich. „Sie sagten, Sie hätten auf ihrem Flug keine anderen Schiffe bemerkt?", fragte er mich und ich nickte: „Das ist mir unerklärlich, ich hätte ihnen begegnen müssen. Woher kommen sie?"

„Ich gehe davon aus, dass sie von der Erde gestartet sind." Tarus überlegte kurz, dann ging er schnellen Schrittes zum Aufzug und gab mir ein Zeichen, ihm zu folgen. „Ich möchte Ihnen etwas zeigen", sagte er knapp. Der Aufzug fuhr weiter nach unten, es schien mir sehr lange zu dauern, was Tarus merkte. „Wir begeben uns unter die Oberfläche, ziemlich tief, einige Kilometer!" Endlich schwangen die Türen auf und wir betraten einen Gang, der durch mattes Licht von der Decke erhellt wurde. Vor uns befand sich eine schwere Tresortüre mit mehreren Sicherheitsvorkehrungen, die Tarus der Reihe nach bediente. Das Stahltor schwang sich auf und er ging in den Raum hinein. Ich folgte und erblickte zu meinem Erstaunen ein Bücherregal nach dem anderen: eine unterirdische Bibliothek! Nachdem ich oben so viele Kostbarkeiten gesehen hatte, gab es hier nichts anderes als Bücher!

„Sie sind enttäuscht?", meinte Tarus.

„Und verwundert!", gab ich unumwunden zu. „Ich verstehe überdies nicht, was diese Bibliothek mit den Raumschiffen zu tun hat?"

„Ihre Frage soll beantwortet werden; kommen wir direkt zur Sache: Ich war bei meiner letzten offiziellen Expedition auf Thix 4, einem Planeten, dessen gesamte Oberfläche aus Wasser besteht mit einer Ausnahme: An beiden

Polen war eine gigantische Ansammlung von Eisen, die ich mir nicht erklären konnte. Ich hatte alte Schriften gefunden, die mir sagten, dass es dort Menschen gegeben hatte, außerdem einstmals größere Landmassen. Das war erstaunlich, denn wieso war Jahrhunderte später nichts mehr davon zu sehen? Weil die Zeit drängt, spreche ich es unvermittelt aus: Das Geheimnis dieses Planeten liegt in den Metallfeldern am Pol, die künstlich sind, wie ich zu diesem Zeitpunkt noch nicht wusste. Ich sichtete das Manuskript noch einmal und fand heraus, wann die Bewohner auf einen anderen Planeten umgesiedelt waren, nachdem sie diesen zu einer einzigartigen Kultstätte umgebaut hatten.

Ich wusste, dass dies die einzige Möglichkeit war, mehr über diese antike Kultur herauszufinden und bat die anderen, noch zu warten. Aber sie waren ungeduldig und weigerten sich, die Expedition zu verlängern. Sie nannten mich einen Träumer und boykottierten mich offen! Ich galt als gefallen, nicht nur widerlegt. Enttäuscht blieb ich zurück und schwebte alleine in meinem Raumschiff, als ich es plötzlich sah! Beide Pole wiesen eine Elektrizitätsmenge auf, die meine Sensoren überstrapazierten. Können Sie sich das vorstellen, diesen Eindruck?"
Ich schüttelte wahrheitsgemäß den Kopf. Tarus nickte enttäuscht: „Das ist immer das Traurige, dass niemand mich verstehen kann, der es nicht selbst erlebt hat. Aber Sie sind ehrlich, das gefällt mir an Ihnen so."

In diesem Moment blinkte ein Licht auf, das neben der Eingangstüre angebracht war. Tarus ging auf einen kleinen Computer zu, der aus der Wand ragte, und blieb dort, sodass ich Zeit hatte, mich in dem Raum umzusehen und einige der Buchtitel zu betrachten. Leider waren mir alle Autoren unbekannt. Ich blickte von den Büchern zu Tarus hinüber. Eine gewisse Wehmut in seinem Blick veranlasste mich zu folgender Äußerung: „Verzeihen Sie mir meine unter Umständen anmaßende Vermutung, aber ich denke, Sie leiden darunter, nicht alles lesen zu können!"

„Ich will Ihnen nicht ganz widersprechen", erwiderte er offen, „ich litt früher tatsächlich darunter, all dieses Wissen hier zu besitzen, ohne wirklich der Besitzer zu sein. Zu Beginn hat mich das regelrecht verzweifelt und ich verbrachte Tage damit, mich hier unten zu verschanzen und mir ein Buch nach dem anderen vorzulegen. Aber eines Tages konnte ich nicht mehr lesen, es ging einfach nicht mehr. An diesem Punkt angekommen habe ich mir Folgendes überlegt: Ich lese nur noch die Bücher, die mir in die Hand fallen. Denn sehen Sie, es gibt da eine alte Weisheit über Bücher und deren Leser, die besagt, dass immer derjenige genau das Buch liest, das für ihn zu diesem Zeitpunkt wichtig ist. Und es ist schon so, ich kann es aus eigener Erfahrung bestätigen: Der Mensch findet (aber suchen muss er!) immer das richtige Buch, wenn er es benötigt. Bücher sind etwas unsäglich Kostbares!"

Erneut blinkte ein rotes Lämpchen über der Türe. „Ich muss dringend in meinen Arbeitsraum. Etwas Neues hat sich ergeben", sagte er in völliger Ruhe. Wir wandelten durch unzählige Gänge, bis wir zu einem Raum kamen, der eine große Schleusentüre als Eingang hatte. Tarus deaktivierte verschiedene Sicherheitsmechanismen, so dass sich die Flügel auseinander schoben und uns den Einlass ermöglichten. Das Innere des Raumes war mit edlem Holz ausgekleidet, an der Seite stand ein Tisch mit

Monitor und an einer Wand ein volles Bücherregal. Auf der anderen Seite war eine kleine Galerie angebracht, wo mehrere Büsten standen. Eine davon zeigte einen Mann mit zurückgelegtem Haar, an dessen einzelne Gesichtszüge ich mich nicht mehr genau erinnern kann, aber dafür an sein unveränderliches Kennzeichen, dass ich mein Leben lang nicht vergessen werde: ein kolossaler Schnauzer über der Oberlippe!
„Darf ich Sie einmal anfassen, aus welchem Material sind sie?", war meine Frage, die mehr rhetorisch gemeint war, denn schon griff ich in Richtung jener Büste. Tarus sprang energisch auf, doch da war es bereits geschehen: Ein elektrischer Schlag durchzuckte meine Hand, ging über in meinen Körper und ließ mich nach hinten taumeln, wo ich gegen Tarus stieß.
„Was", stotterte ich verwirrt und Tarus blickte betroffen in mein Gesicht: „Entschuldigen Sie, aber ein Energiefeld ist vor die Köpfe gelegt, damit sie kein Unbefugter berührt oder was noch schlimmer wäre: entwendet!"

Ich war erstaunt, dass die Büsten ihm so viel bedeuteten, und schon erläuterte er: „Der äußere Wert ist nicht hoch, aber ich verbinde eine Menge mit ihnen. Doch will ich Sie nicht langweilen, Sie werden vielleicht eines Tages nachempfinden, was ich jetzt gesagt habe, wenn Sie die Bücher jener Herren gelesen haben! Kommen Sie, sehen wir uns jetzt an, warum man so dringend nach mir verlangt hat!" Er ging zu seinem Schreibtisch und ich stellte mich neben ihn. Das Bild eines Dieners erschien: „Ein Abgesandter des riesigen Raumschiffes wünscht Sie zu sprechen!"
„Ich nehme das Gespräch entgegen, doch zuvor wünsche ich alle aktuellen Daten auf meinen Schirm!", sagte Ta-

rus und eine Sternenkarte wurde sichtbar. „Hier sind wir." Er deutete mit seinem Zeigefinger auf einen grünen Punkt; der Rest der Karte war schwarz bis auf einen riesigen roten Fleck links. „Das ist doch nicht möglich", murmelte er und schaltete wieder in den Kontrollraum zurück zu seinem Diener. „Ich verlangte die neuesten Dateien!"

„Ich gab sie ihnen!", wurde ihm leise geantwortet.

„Unsinn!", erwiderte Tarus scharf. „Nach diesen Daten müsste das Raumschiff eine größere Strecke zurückgelegt haben, als meine Berechnungen ergaben. Das ist aber unmöglich!"

Der Mann in der schwarzen Kutte verweilte in gebeugter Haltung über dem Computer, dann erwiderte er sichtlich pikiert: „Es ist aber so."

Tarus zuckte unschlüssig mit den Schultern: „Also dann, stellen Sie den Kontakt her. Ich will wissen, was hier vor sich geht!"

Mit einem Mal wurde der Bildschirm dunkel, dann erschien zunächst ein seltsames Symbol, ein in sich gewundener Stern. Ein kurzes Lächeln zuckte um Tarus' Mund, als ob er es kennen würde. Darauf zeigte sich das Bild eines Mannes, der in Uniform inmitten eines spärlich ausgestatteten Raumes an einem stählernen Tisch saß.

„Tarus, es freut mich, Sie zu sehen!", grüßte er mit tiefer Stimme.

„Wer sind Sie?", entgegnete Tarus kühl.

„Namen spielen keine Rolle, Sie werden in der Zwischenzeit erkannt haben, wen ich repräsentiere –, das genügt vollkommen."

„Ich habe den Kontakt zur Erde schon vor langer Zeit abgebrochen."

„In der Tat und da dachten wir, es wäre an der Zeit, Ihnen einen Besuch abzustatten. Wir wollten sehen, ob wir Ihnen helfen können", meinte der Mann und der darin liegende Sarkasmus war überdeutlich.

„Danke, ich brauche nichts. Sie können beruhigt abziehen."

„Warum denn so unhöflich, Tarus? Wir möchten sehen, wie Sie so leben, was aus Ihnen geworden ist. Ist das zu viel verlangt? Wir möchten uns selbst davon überzeugen, dass es Ihnen gut geht."

„Wir haben nichts miteinander zu tun und ich genieße laut galaktischem Recht auf meinem Planeten völlige Freiheit und bin unantastbar", stellte Tarus klar, aber sein Gegenüber schien anderer Meinung zu sein: „Ich glaube, Sie verstehen mich nicht: Ich repräsentiere das Gesetz! Und ich habe den Auftrag, auf Ihrem Planeten zu landen und Ihnen einige Fragen zu stellen. Sie können sich uns nicht entziehen!"

„Ich kann sehr wohl", unterbrach ihn Tarus, „ich will mit Ihnen nichts zu schaffen haben, weil ihre Lebensart destruktiv ist. Ihre Regierung ist ausbeuterisch und korrupt. Das alles widert mich an und. Ich wünsche keinen Kontakt mit Ihnen. Sie haben kein Recht, hier zu landen. Ich verbiete es."

„Sie überschätzen sich! Und es ist wirklich schade, dass Sie uns so negativ sehen", sagte der Mann mit offensichtlich gespieltem Bedauern. „Hätten Sie uns Ihre Bedenken doch früher geäußert, wir hätten mit Ihnen gesprochen und Ihnen geholfen!"

„Ich kann Ihre Lügen nicht mehr hören!", rief da Tarus unerwartet wütend. „Das ist es, was ich an Ihnen und Ihrem System verabscheue! Sie kennen nur Gier, Gewalt und Lüge! Sie sind das Pestgeschwür des Planeten, Sie sind –."

„Genug!", brüllte der Kommandant mit sich überschlagender Stimme und feuerrotem Kopf. „Das habe ich mir nicht bieten zu lassen! Ja, spielen wir mit offenen Karten: Ich werde mit meinen Leuten kommen und Ihren Planeten ausradieren! Ich bin bereits jetzt in der Lage, Ihr kleines Fleckchen Gestein in den ganzen Sektor verstreut zu zersprengen, aber es wird mir ein besonderes Vergnügen bereiten, ihn Stück für Stück zu verwüsten! Ich werde Stein um Stein alles zerstören, was Sie aufgebaut haben und zu guter Letzt werde ich *Sie* packen, was mir ein ganz besonderes Vergnügen bereiten wird! In Ihren schlimmsten Albträumen können Sie sich nicht ausmalen, was wir mit Ihnen tun werden, das schwöre ich Ihnen!"

„Ich weiß", sagte da Tarus und war wieder kühl und gelassen. „Ich weiß, dass ich das nicht vermag: Ich verfüge nicht über das gleiche kranke Gemüt wie Sie, das mir Derartiges ermöglichen würde!"

Voller Wut schlug der Kommandant mit der Faust auf den Tisch, dass man den Eindruck hatte, der Monitor in unserem Raum würde ebenfalls wackeln: „Genug, Tarus! Niemand kann unseren Siegeszug aufhalten! Die Schlacht beginnt *jetzt*." Dann wurde der Bildschirm dunkel.

„Bereiten Sie alles für den Kampf vor!", wies Tarus seine Diener an, dann blickte er zu mir. Die ganze Zeit über hatte ich regungslos alles mit angehört.

„Ich verstehe nicht", murmelte ich, doch Tarus klopfte mir gelassen auf die Schulter: „Gehen Sie auf Ihr Zimmer und ruhen sich aus. Das Raumschiff braucht noch eine

Zeit lang, bis es uns erreicht hat. Ich lasse Sie dann rufen!"

Ich kann nicht mehr beschreiben, was in diesen Momenten in mir vorging. Irgendwann ließ mich Tarus wie angekündigt wecken und in jenen Kontrollraum bringen, der tief in der Erde eingelassen war. Zuversichtlich lehnte er in seinem Stuhl und zeigte auf den riesigen Bildschirm an der Wand. „Wir werden mitverfolgen, wenn unser Gegner angreift", verkündete er siegessicher; ich teilte diese Euphorie nicht: „Sie werden uns vernichten, wir haben keine Chance!"

„Sie werden verlieren", sagte Tarus ruhig. „Sie können nicht gewinnen."

Mit weichen Knien setzte ich mich neben ihn und starrte auf den großen Bildschirm an der Wand. Die Landestation, die ich selbst erst vor Kurzem angeflogen hatte, wurde sichtbar.

„Das Raumschiff wird noch einige Zeit brauchen, auch wenn sie ihren Antrieb, der eine Neuentwicklung sein muss, einsetzen. Wir können ja die Zwischenzeit mit einer Unterhaltung überbrücken. Haben Sie noch irgendwelche Fragen?"

Starr blickte ich ihn an. „Warum das alles?"

„Eine berechtigte Frage", nickte Tarus bedächtig. „Sehen Sie, dieser Mann ist nicht einfach nur ein Abgesandter, dieses Raumschiff nicht einfach nur irgendeines, das alles nicht nur blinder Zufall. Es steht für etwas, repräsentiert ein System. Sie fragen sich sicherlich, wer ich bin und wozu dieser ganze Umstand getrieben wird. Ich will ganz offen zu Ihnen sprechen: Ich stamme selbst von der Erde! Ich selbst habe einmal diesen Planeten bewohnt, doch dann kam eine Macht aus den Tiefen des Innern, die sich wie ein Geschwür ausbreitete. Dabei traf es uns

nicht überraschend; eines Tages, so hatten schon unsere Vorfahren herausgefunden, musste dies passieren, es war nicht zu verhindern. Wir hatten versucht, die Menschen darauf vorzubereiten, auf die Ankunft der Verlorenen, wie wir sie nannten (dies deshalb, weil sie vom Lebendigen leben, aber in destruktiver Manier, d. h. es sind Geschöpfe, die das Leben aufsaugen). Wir hatten geglaubt, gegen sie gefeit zu sein, aber die Menschen hatten nicht intensiv genug gearbeitet. Wie eine Virusinfektion breitete es sich aus, sie waren nicht zu besiegen.
Wir erkannten, dass alles scheiterte. Wir hatten alles verloren – bis auf uns. Wir beschlossen, auf einem anderen Planeten neu anzufangen, aber wir wurden verfolgt und gejagt. Deshalb teilten wir uns und jeder versuchte, unsere Tradition irgendwo weiterleben zu lassen. Ich kann nun aber nicht länger weglaufen. Was Sie vor sich sehen, ist das letzte Aufgebot."

Ich schwieg betreten. In diesem Augenblick leuchtete ein Lämpchen und unsere Blicke richteten sich auf den Bildschirm. Unzählige kleine Raumschiffe landeten, wobei der Hafen von allen Seiten mit Energiestrahlen beschossen wurde.
„Sie werden sich an diesem Gebäude verausgaben, es ist extra für ihre Waffen gebaut worden, sie können es nicht so leicht zerstören, wie sie glauben!"
Mittlerweile waren die Soldaten abgesetzt worden und bewegten sich auf den großen Wald zu. „Die Soldaten und die Fahrzeuge sollen in den Wald marschieren, die anderen Transporter mit ihren lächerlichen Waffen ruhig weiter auf mein Gebäude schießen. Sehen Sie, gerade haben sie einen Teil davon zerstört, ich könnte wetten, der Kommandant gibt sich soeben seiner ungehemmten

Freude darüber hin, dennoch ist er ein Narr! Seine Schiffe können alles, was Sie sehen, vernichten, es wird Ihnen nichts nützen. Ich habe in dem gesamten Umkreis unterirdisch mehrere Lager einrichten lassen, die mit Sprengkörpern gefüllt sind, deren Zerstörungskraft enorm ist. Meinen Berechnungen zufolge wird die Detonation alle Raumschiffe regelrecht zerfetzen."
„Haben Sie keine Angst, dass es den Planeten zerreißt?"
Tarus blickte mich freudig an: „Das war damals selbst meine Befürchtung, denn es stimmt, der Planet ist nicht sonderlich groß und stabil. Aus diesem Grund habe ich die Sprengköpfe so installieren lassen, dass ihre Wirkung nach oben geht, der Druck verpufft an die Oberfläche. Außerdem habe ich darunter ein neuartiges Material, das ich erfunden habe, legen lassen. Sehen Sie nur her!" Tarus drückte einen Knopf, worauf ein Grollen ertönte und der Bildschirm schneeweiß wurde. „Keine Sorge!", sagte er. „Der Bildschirm stoppt die Übertragung ab einer gewissen Helligkeit, wir sehen gleich wieder." Als ich nach einigen Sekunden auf den Bildschirm blickte, sah ich nur noch verkohlte Oberfläche, alles andere war verschwunden.
„Was ist mit den Soldaten und Fahrzeugen?"
„Zerstört!", erwiderte Tarus emotionslos.

Wir blickten auf den Bildschirm, der nun wieder den Wald zeigte, und bemerkten noch eine Menge Soldaten. „Das macht nichts, das ist sogar gut so." Erneut betätigte Tarus einen Schalter und plötzlich stand der ganze Wald in Flammen! „Gasleitungen. Die Bäume sind innen hohl, nur Attrappe!"
„Das ist grausam, ja menschenverachtend, was Sie da treiben!", stieß ich hervor.

„Ich wollte keinen Krieg. Ich werde von diesen Eindringlingen meines Lebens bedroht, also ist es nicht falsch, wenn ich mich schütze. Entweder sie oder ich."
Schweigen. Ich wusste nicht, was ich von alledem halten sollte. „Was werden Sie tun, wenn sich die Leute ergeben wollen? Ich sehe, die letzten Truppen haben sich versammelt und stimmen wohl über ihre Niederlage ab."
„Sie werden sich nicht ergeben, sie ordnen nur ihre Kräfte neu. Sie kennen sie nicht, Sie wissen nicht, dass sie nicht mit normalen Maßstäben –."
Plötzlich verdichtete sich vor unseren Augen eine Gestalt, von der wir nicht wussten, wie sie in diesen Raum gekommen war. Wir erkannten den Kommandanten des feindlichen Zerstörers!
„Damit haben Sie nicht gerechnet!", lachte er höhnisch. „Sie können eben nicht alles berechnen, Tarus! Wieder einmal mehr haben Sie versagt! Wir verfügen über Technik, davon können Sie sich keinen Begriff machen. Ihre sämtlichen Verteidigungsanlangen wurden soeben von uns abgeschaltet, sodass Sie keinen Widerstand mehr leisten können! Das alles war nur ein Ablenkungsmanöver, damit ich Ihr Gesicht sehen kann, wenn ich Sie – oh, wie genieße ich diesen Augenblick – vom höchsten Triumphgefühl in die tiefste Niederlage schleudere. Jetzt mögen die Spiele beginnen! Sehen Sie Ihrem Untergang ins Auge!"
Mit diesen Worten verschwand er und wir waren wieder alleine. Ich getraute mich nicht, Tarus anzusprechen, der matt in seinem Stuhl saß und verschiedene Knöpfe an seiner Computerkonsole bediente. „Wir haben verloren!", brachte er mühsam hervor. „Es ist alles aus." Er stand auf, wankte auf den Ausgang zu und winkte mir mit seiner rechten Hand, ihm zu folgen. Erregt lief ich hinter

ihm her, nicht verstehend, was eigentlich vor sich ging. Wir liefen einen langen Gang entlang, bis wir durch eine Türe schlüpften, hinter der sich in einer winzigen Halle tief unter der Erde eingebaut ein Raumgleiter verbarg.
„Sie müssen weg hier!", rief er und drängte mich hinein.
„Tarus, was soll das, was passiert hier?"
„Ich konnte nicht alles einkalkulieren!", seufzte er erschöpft, wobei er mir direkt ins Gesicht schaute. Erst jetzt sah ich erschrocken, wie er um Jahre gealtert schien, und erkannte vor mir einen müden, alten Mann, der gebückt mit zitternder Hand den Deckel des Raumgleiters schloss.
„Fliegen *Sie*!", rief ich, doch mit einem traurigen Lächeln blickte mich Tarus durch die Scheibe an: „Leben Sie wohl!" Unvermittelt drehte er sich um und betätigte einen Knopf, worauf sich vor mir eine Wand öffnete, die den Blick auf einen langen Tunnel freigab.
„Nein!", rief ich verzweifelt. „Tarus –, Sie können doch nicht so einfach aufgeben! Das geht nicht!"
Erneut zuckte ein mattes Lächeln über sein aschgraues Gesicht. Ein letztes Mal hob er seine Hand zum Abschied.
„Aber Tarus, wenn Sie aufgeben, gibt es nicht einmal mehr die Hoffnung! Was soll aus den anderen Menschen werden? Warum kämpfen Sie denn nicht? Versuchen Sie es doch wenigstens!"
Als ich so zu ihm sprach, glaubte ich noch einmal den alten Tarus vor mir gesehen zu haben, wie er urplötzlich in einen kräftigen Jüngling verwandelt an der Türe lehnte und mit seinen strahlenden Augen herüberblickte. Das Gesicht gegen die Scheibe gepresst, bemerkte ich nicht gleich, wie sich das Raumschiff langsam in Bewegung gesetzt hatte; erst als sich Tarus immer mehr in der Dun-

kelheit verlor, wurde ich mir des Fliegens bewusst. Ich raste mit hoher Geschwindigkeit einen nicht enden wollenden Gang entlang, bis nach einer Zeit lang weit vorne ein kleines Licht sich zeigte, das immer größer wurde. Die Kapsel schoss in den Himmel und flog einen weiten Bogen. Unter mir tobte indessen der brachiale Kampf. Rauchwolken umnebelten meine Fenster und als ich einen freien Blick erhaschen konnte, wurde mir ein Bruchteil des ganzen schrecklichen Ausmaßes gewahr: Die Soldaten stürmten über die freie Fläche, während die Fahrzeuge die stämmigen Mauern auseinandersprengten. Tarus hatte wirklich verloren.

Mein Raumschiff flog immer höher, wobei es eine unglaubliche Geschwindigkeit entwickelte. Es musste auch einen Tarnschirm besitzen, weil ich weder von den Soldaten unten bemerkt und angegriffen wurde, noch vom Mutterschiff, das in nicht allzu weiter Entfernung wartete. Nach einiger Zeit war ich schließlich so weit entfernt, dass ich den Planeten lediglich auf meinem Bildschirm sehen konnte als kleinen grünen Punkt. Dann stoppte das Raumschiff automatisch. Während ich noch überlegte, was ich tun sollte, fiel mein Blick auf den Bildschirm, der in seltsamer Weise zu blinken begann, bis ein heller Blitz ihn zerteilte. Zuerst dachte ich, er wäre defekt, dann erhellte er sich wieder. Aber etwas stimmte nicht: Er zeigte völlige Schwärze an! Ich vergewisserte mich, doch gab es keinen Zweifel: Der grüne Planet war nicht mehr da!
Aufgeregt setzte ich den Raumgleiter wieder in Bewegung und steuerte gemäß den alten Koordinaten, die ich noch wusste, die Position des grünen Planeten an. Als ich den Sektor erreichte, umgab mich nur dieselbe Schwärze

der Umgebung, die überall vorherrschte. Sofort stellte ich mit den vorhandenen Instrumenten Untersuchungen an, die meine Vermutung bestätigten: Tarus hatte den Planeten gesprengt. Er zerstörte diejenigen, die zu seiner Vernichtung gekommen waren, aber mit ihnen sich selbst.

Teil 2: Berichte aus dem Zweimalker[2]

Der rechte Abstand zu den Dingen
ist das Geheimnis der Kunst
wie der Lebenskunst.

Zuviel entfernt – verliert sich
deine Anteilnahme.

Zu sehr davon ergriffen – verlierst du
die Idee.

(PB)

---

[2] Dieser Titel ist ein Wortspiel in Anlehnung an Christian Morgenstern und im Sinne einer Wortrechenaufgabe zu verstehen. Löst du das Rätsel? Es ist gar nicht so schwer …

Gibs auf!
(Franz Kafka gewidmet)

Es war früh am Morgen, die meisten Menschen schliefen noch, ich lief ins Gebäude und als ich den Gong hörte, sah ich auf meine Uhr und stellte fest, dass ich viel zu zeitig hier war; trotzdem glaubte ich, zu spät zu kommen, rannte durch die Gänge, entdeckte Verzweigungen und versteckte Winkel, die mir vorher nie aufgefallen waren; der Gang schien kein Ende zu nehmen, was mich sehr beunruhigte, da ich hier zwar fremd war, den Ort aber schon jahrelang frequentierte und somit hätte wissen müssen, wo ich mich befand.
Glücklicherweise sah ich eine Person, die in solchen Fällen Unterstützung leisten sollte. Ich lief ihr hinterher, sie schien mich gar nicht bemerken zu wollen, da sie selbst auf mein Rufen nicht reagierte.
„Entschuldigen Sie, bitte, aber ich habe das Gefühl, mich verlaufen zu haben!"
Es wurde ruhig und still. „Und da willst du von mir den Weg erfahren?"
„Ja", sagte ich, „es ist doch Ihre Pflicht, mir zu helfen!"
Gelächter ertönte plötzlich aus allen Räumen, die Türen sprangen auf; ein schallendes, in den Ohren schmerzendes, kaltes Gelächter strömte heraus.
„Was ist los?", fragte ich. „Was ist so lustig?"
Da türmte es sich vor mir riesenhaft auf, ein unüberwindbares Hindernis, gigantisch im Ausmaße, voll drohender Gewalt, scheinbar grenzenlos mächtig mit der Forderung: „Gibs auf! Du wirst es doch nicht schaffen; gibs endlich auf!"

Da wurde es schlagartig ruhig. Die Türen waren wieder geschlossen, der Gang matt beleuchtet, ich blickte mich um. „Ja" sagte ich. „Gibs auf!", und weiter ging ich.

Pars pro toto[3]

Wieder einmal befand ich mich in der Schule. Der Unterschied zu früher ist, dass ich diesmal ganz bewusst auf einem Stuhl an der Wand sitze und die Klasse aufmerksam betrachte. Ich stelle fest, es ist kein Traum. An der linken Seite des Raumes bei den Fenstern steht eine lange Bankreihe, in der die Mädchen sitzen, auf der rechten sitzt ein ehemaliger Freund und eine Person, die mir sehr ähnlich sieht. Ich schaue meinen Freund an, wir amüsieren uns prächtig in dieser Stunde, es ist wie immer. An den passenden Stellen flüstere ich ihm eine witzige Bemerkung ins Ohr, die mir gerade beim Lesen der Texte oder bei den jeweiligen Fragen und Antworten in den Sinn gekommen ist. Mein Freund versucht, sein Lachen zu unterdrücken, aber nur wenig später platzt er lauthals mit meiner Bemerkung heraus. Mein Witz aus seinem Munde wird lautstark begrüßt: Er ist eben eine echte Spaßkanone, mein Freund! Dabei freue und ärgere ich mich gleichzeitig: Einmal, weil der Witz so gut war, und dann, weil der Witz so gut war, aber nicht von mir selbst verwendet werden konnte. Doch ärgere ich mich niemals über meinen Freund! Er bringt diese lustigen Bemerkungen sehr schön unter die Leute. Ich weiß, dass sowieso niemand über meine Bemerkung lacht, wenn sie von mir kommt, sondern nur, wenn ich sie über meinen Freund vor ihre Füße werfen lasse. Das ist dann lustig. Für mich ist es traurig.

Aber ich mache das Beste daraus und mein Freund sieht das ähnlich. So ergänzen wir uns: Er fühlt sich nicht als

---

[3] **Pars pro toto** (lateinisch) bedeutet übersetzt: *Ein Teil [steht] für das Ganze*. In der Philosophie gibt es den *Pars-pro-toto-Fehlschluss*. [Quelle: wikipedia]

Mittler missbraucht, er denkt darüber gar nicht nach, manchmal glaubt er sogar, meinen Witz soeben gerade selbst erfunden zu haben. Dann freut er sich besonders. Diesmal ist es aber anders. Die Menge fordert, er soll sich ins Rampenlicht stellen und seine Witze dort erzählen. Alle wollen ihn sehen – aber er kann es nicht, denn dann würden ja alle sehen … Hilflos schaut er mich an. Erstaunt blicke ich ihm in die Augen: „Ich habe damit nichts zu tun!" Ein vereinter Blick auf die linke Front schreit es ihm förmlich bestätigend entgegen: Heute ist dein großer Tag! Er weiß es, ich weiß es, die anderen wissen es auch. Er startet ein Ablenkungsmanöver und fragt unseren Lehrer, ob wir nicht einen Text besprechen könnten. Ich bin überrascht, welch leichtes Geschütz er auffährt, wo wir doch die letzte Stunde haben! Auch die anderen sind etwas enttäuscht und setzen direkt zur Gegenoffensive an. „Du hast gesagt, dass du auf dem Tisch tanzen willst", hören wir eines von den Mädchen sagen. Dieser Treffer hat gesessen. Mein Freund feuert sofort eine Bemerkung ab, die aber nicht witzig ist und auch nicht als solche aufgenommen wird. Dafür kommt jetzt wieder ein richtiger Schuss von der Gegenseite: „Du hast es uns versprochen und Versprechen hält man!" – Ach, wenn die wüssten!

Mein Freund hat inzwischen nachgeladen, zielt und feuert wieder. Nochmals daneben! Die andere Seite dagegen trifft erneut. Natürlich: Die sind ja auch viel mehr! Mein Freund hat dagegen nur sich und – in diesem Moment dreht er sich zu mir um: Wo bleibt die Verstärkung? Durch mein Fernglas blicke ich in sein verzweifeltes Gesicht, sitze ich doch im Stabshauptquartier; er selbst hat das befürwortet, hat sich für meinen Posten starkgemacht. Nun kann ich nicht einfach meine Stellung aufgeben, wie denkt er sich das? Mein Freund kümmert sich darum nicht, stattdessen trifft mich sein Blick wieder und ich frage mich ernsthaft, ob er einen Zweifrontenkrieg riskieren will. Jedoch: Wer greift schon sein eigenes Hauptquartier an? Aber ich verzeihe ihm, ihm an der Front, diesen Gedanken, der aus der Verzweiflung geboren wurde. Da nun: Die Durchbruchoffensive der anderen hat eingesetzt und sie feuern aus allen Rohren. Jetzt haben sie sich auch noch mit dem Lehrer verbündet und ich sehe schlechte Zeiten für meinen Freund aufkommen. Plötzlich tut er etwas ganz Unerwartetes: Er legt tatsächlich auf mich an, zielt allen Ernstes auf mich: „Ich mache das nur, wenn ihr es schafft, ihn auch auf den Tisch zu bringen!" Er zeigt auf mich, schaut zu den anderen. Es knallt lautstark, doch nur kurz, denn das war ein Rohrkrepierer. Ich dagegen gebe die offizielle Stellungnahme heraus: „Kein Tanz meinerseits, schließlich kein Versprechen erfolgt, das alles geht mich gar nichts an." Donnerwetter, dieser Treffer hat gesessen! Wieder nehme ich mein Fernglas zur Hand und stelle fest: Damit ist die Schlacht vorbei.

Mein Freund hat in der Zwischenzeit das Podium erklommen, wo er sich mühsam in der Balance hält. Und wie ich ihn dann so von einem Bein auf das andere tanzen und die übrigen begeistert Beifall klatschen sehe, wünsche ich mich einmal mehr fern von diesen Ort, den ich als unendlich grausam empfinde.

Denkvermögen

Ich ging am Bahndamm entlang, als mich Stimmung und Umstände daran erinnerten, eine ähnliche Situation schon einmal erlebt zu haben: Damals lief ich mit einem ehemaligen Kameraden während einer Freistunde von der Schule in die Stadt und er fragte mich nach dem Sinn des Lebens. Es ist dies eine schwierige Frage, aber noch viel schwieriger ist zu entscheiden, wem eine Antwort darauf zu geben ist. Denn wie ist es, wenn einfach jemand kommt und eine Antwort will, für die jahrelange Gedankenarbeit und ein Streben nach dem Guten nötig waren – kann oder besser *darf* sie ihm gegeben werden? Wobei das nicht zynisch-elitär gemeint ist, sondern darauf abzielt, dass die Antwort dem anderen ja auch schaden könnte, mehr als die Unwissenheit vielleicht, in der er sich momentan befindet. Somit lautet die eigentliche Frage folglich: Ist es zu verantworten, ihm die Antwort auf besagte Frage zu geben, oder würde ihn das vermittelte Wissen den Boden unter den Füßen wegreißen und der Auskunft Gebende derjenige sein, der den am Abgrund Stehenden den letzten Stoß verpasst?
Nun ergab sich im vorliegenden Falle das zusätzliche Problem, dass mein Kamerad seine wahre Absicht durch eine zweite Äußerung verriet und damit die Erörterung von eben überflüssig geworden war. Er sagte nämlich: „Das ganze Leben hat für mich keinen Sinn; es ist alles egal, ich lebe, wie es mir passt, ich koste alles aus!"
Dann sah er mich an. Erwartungsvoll, lauernd. Ich hielt dem Blick stand.
„Also, ich meine ja auch nur, dass mit Gott und so, der Sinn vom Ganzen, ich blicke da nicht durch, was glaubst du denn?", brachte er daraufhin stammelnd hervor.

An jene Situation dachte ich nun zurück, als ich in diesem Moment eine bekannte, aber nicht mehr vertraute Stimme hörte, die meinen Namen rief und mich begrüßte. So standen wir wieder am selben Ort und ich weiß auch nicht, was er sich dabei gedacht hatte, aber er fragte mich sofort: „Sag mal, glaubst du an ein Leben nach dem Tod?" Ehe ich antworten konnte, bekam sein Gesicht plötzlich etwas Gehetztes. „Du, ich habe Angst, furchtbare Angst", stieß er hervor. „Ich habe den Sinn des Lebens nicht gefunden, ich habe meinen Glauben verloren und nun habe ich Angst, dass ich dafür nach dem Tode bestraft werde!"
Ungläubig sah ich ihn an. Es war nicht böse gemeint, nur klarstellend, als ich ihn fragte: „Warst du nicht derjenige, der immer gesagt hat, ihm sei es egal, ob es ein Leben nach dem Tode gibt? Wenn es eines gibt, dann bist du positiv überrascht, und wenn nicht, dann bist du wenigstens nicht enttäuscht? Waren das damals nicht deine Worte, für die dich alle so bewundert haben?"
Er sah mich an, wusste anscheinend nicht, was er wusste oder jemals gewusst hatte, packte nur meine Hand, drückte sie, presste sie, schüttelte sie, sodass ich mich energisch davon befreite und einen Schritt zur Seite machte.
„Du musst mir helfen!", rief er, „wenn du die Antwort kennst, so musst du mir sie sagen, es ist deine Pflicht!"
„Ich muss?", wiederholte ich langsam. „Und du sprichst mir von Pflicht? Ja, tatsächlich: Den Gierigen heilt man am besten, wenn ihm statt Diamanten ein Eimer Kohlen geschenkt wird. –
Du schlägst mir deine Fragen wie ein nasses Handtuch ins Gesicht, aber der alten Freundschaft wegen will ich

dir eines sagen: Wenn du behauptest, du hast Angst vor dem Tode, weil du nicht weißt, was dann kommt, ob überhaupt etwas kommt – hast du dir dieselbe Frage auch einmal andersherum gestellt? Hast du auch Angst *vor dem Leben davor*? Warum denkst du nicht daran? Wo warst du vor deiner Geburt? Müsste die Angst vor der Frage nach deiner Herkunft nicht viel größer sein als die nach deinem Verbleib?"

Mit diesen Worten ließ ich ihn stehen, denn mehr konnte ich dazu nicht sagen.

Der Verlust des Opfers

Sein Gesicht sagte mir alles, gleich als ich ihn sah; er hatte sich nicht verändert, er war noch immer derselbe, zumindest wehrte sich das Bild meiner Erinnerung nicht gegen den Abgleich mit der äußeren Erscheinung jener Gestalt, die mir an einem Abend in einem Geschäft begegnete. Seine Augen wanderten rast- und ziellos umher, streiften alles, so auch mich, verharrten kurz, blickten weg. Es lag in diesem Blick jedoch nicht die übliche Oberflächlich-keit, dafür war er zu schnell fortgeschwenkt, es war etwas anderes.

Ich wusste nicht, ob ich ihn begrüßen sollte, er zählte nicht zu denen, die ich Freunde nennen würde (ohnehin ein schweres Wort), aber es kam mir verlogen vor, ihn auch zu übersehen, was mir leicht gelungen wäre, da ich unbemerkt in einer Menschenmenge (aus einem öffentlichen Versteck sozusagen) meine Beobachtung vollzogen hatte. „Hallo!", rief ich also und schickte seinen Namen hinterher. Sein Gang stoppte, der Kopf ruckte herum.

„Mensch – du?", fragte er, als konnte er es wirklich selbst kaum glauben. „Was machst du denn hier?" Er klopfte mir freundschaftlich auf die Schulter: „Wir sollten über die gute alte Zeit quatschen!" Ausnahmsweise gab ich nach. Auf dem Weg in ein Kaffeehaus redete er pausenlos auf mich ein, wobei er immer betonen musste, was für ein Zufall es gewesen wäre, mich getroffen zu haben. Zuerst hätte er mich gar nicht bemerkt, aber dann natürlich sofort, und er sei erstaunt, wie gut ich mich gehalten hätte. Überhaupt zeigte er sich überrascht, das man sich mit mir unterhalten könne. „Das war ja nicht immer so!", fügte er augenzwinkernd hinzu. Am Tisch Platz genommen berichtete er mir von allerlei Dingen: Beruf, Sorgen, Frau, Kinder, Alltagstrott, keine Zeit – ein schönes Haus besaß er und das neueste Auto einer bekannten Marke fuhr er auch. Nachdem er seine Ausführungen beendet hatte, wollte er wissen, was ich so mache; natürlich interessierte es ihn nicht wirklich, er wollte eigentlich nur hören, dass auch ich Probleme habe. Dies war zwar keine Lösung der seinigen, aber dennoch eine offenbar stets wohltuende Genugtuung, die ich ihm leider nicht verschaffen wollte und konnte. Ich erzählte ihm irgendwas, während er gedankenverloren vor sich hin starrte, nach meinem letzten Satz aus dem Fenster deutete und seufzte: „Da hinten liegt unsere Schule!" Ich seufzte ebenfalls: Es war nicht meine Schule, seine auch nicht – es begann, lästig zu werden (jetzt wusste ich wieder, warum ich zuerst doch hatte vorbeigehen wollen!).

„Damals, als wir noch jung und voller Elan waren", legte er los und jetzt rauschte es nur so an mir vorüber; ich nahm es wohl wahr, aber es stieß mich ab, wie er sich in verbrämte Schwelgerei, naive Romantik und Schwärmerei ergab, um endlich alles auf die abschließende Formel zu bringen: „Früher war alles besser!" Erwartungsvoll sah er mich an, Beifall konnte ich nicht spenden, es hatte mich schon Beherrschung gekostet, sitzen geblieben zu sein. „Oder findest du nicht?"
„Früher hätten wir nicht miteinander geredet", sagte ich. Er winkte entschieden ab: „Ja, das lag aber an Dir! Du wolltest nicht mit uns reden!"

Da war es wieder, war es immer noch: Uns! Zwei Lager! „Uns" gegen „ich" – was sollte das eigentlich? Es kam mir heute wie damals unsagbar lächerlich vor.

„Du warst ja noch nicht einmal auf unserem Klassentreffen", brachte er ärgerlich hervor, „hat dich die Einladung wohl nicht erreicht?"

Das würde ihm gefallen, dass ich lüge, doch ich verabscheute es heute wie damals. Also: Ich hatte die Einladung erhalten! Ich weiß es noch, als wäre sie gerade eben erst in den Briefkasten geworfen worden. Warum ich nicht gekommen bin? Als mir klar geworden war, dass jeder, auch der größte Schwätzer und Tölpel, an diesem Abend die Rolle seines Lebens spielen würde – wieder einmal mehr! – und sich somit nichts geändert haben würde, da wusste ich, dass es gar keinen Sinn machte, dorthin zu gehen. Stolz und abgeklärt würde jeder die Gelegenheit nutzen, um möglichst großspurig verlauten lassen: ‚Ich habe jetzt dies, machte davor jenes." Im Gegensatz zu früher hatte sich bis auf die Inhalte nichts verändert, heute hieß es eben: „Ich bin verheiratet oder auch nicht, habe Kinder oder keine, viel Geld oder –, aber reden wir nicht davon, darauf kommt es nicht an, denn ich muss sagen, dass ich glücklich bin!" Das Letzte war dann fast wieder ein Originalsatz, wie er von jedem schon vor so langer Zeit im schulischen Aufenthaltsraum oder auf dem Pausenhof hätte gesprochen werden können. Spätestens jetzt wäre ich von dem Treffen geflüchtet, weil ich dort nicht mehr hätte atmen können. Aber selbst wenn es von mir aus unerfindlichen Gründen weiter ausgehalten worden wäre, hätte das Drama seinen Lauf genommen in dem Moment, sobald jemand gefragt hätte (und es wäre dies unwiderruflich dutzende Male passiert!): „Was machst du jetzt?" Und ich wusste, diese Frage beinhaltete anderes, nämlich: „Wer bist du denn überhaupt?" Darauf zielte alles ab! Deshalb war ich zu Hause geblieben und habe die Einladung verbrannt – um es den anderen und mir nicht unnötig schwer zu machen. Denn es müsste dann jenes geschehen, was sich jetzt ereignete: Der „Kamerad" legte den Kopf nach hinten, etwas schräg zur Seite auch, blickte mich mit halb geöffneten Augen an, verzog den Mund. Dann schnalzte er mit der Zunge und sagte herablassend und dozierend-bestimmend zugleich: „Erzähle mir doch nichts! Du hast dich doch immer abgekapselt! Daher kannst du das auch alles nicht verstehen, was ich meine; du hast dir aus Schule ja nie etwas gemacht!", sagte er vorwurfsvoll. „Aber wir!", fügte er verbittert hinzu. „Wir, die wir daran geglaubt haben, wir sind so grausam enttäuscht worden!"

Da war es plötzlich; als ginge ein Ruck durch ihn, und mir war es, als befänden wir uns in einem der alten Klassenräume, er stemmte die Hände in die Hüften und rief: „Du bist an allem schuld, du hast alle Ideale, die wir hochhalten wollten, aufgegeben und dich besiegen lassen, weil du das Beste für dich herausholen wolltest", stellte er fest. „Damit bist du uns in den Rücken gefallen!" Und er war noch längst nicht fertig: „Dein Verhalten war Ausdruck höchsten Egoismus' und dein Außenseitertum nur eine Maske, hinter der du dich versteckt hast beziehungsweise du hast geglaubt, dich dahinter verbergen zu können, aber das, was ich dir jetzt zu sagen habe, wird dich erschüttern: Wir hatten dich schon damals enttarnt! Wir wussten, dass du ein Egoist bist und deshalb haben wir dich geschnitten! Ja, da schaust du: Dein Spiel ist nicht aufgegangen, du hast dich vor dir selbst versteckt und warst Teil eines größeren Spiels, das

wir kontrollierten! Du hast auf uns herabgeblickt und uns verachtet, doch in Wahrheit haben nicht wir, sondern hast du verloren!", folgerte er erhitzt. „Wir dagegen haben uns nicht unterkriegen lassen, aber du", er zeigte mit zitterndem Zeigefinger auf mich, „du bist in Wahrheit der große Verlierer!" Erschöpft lehnte er sich in seinen Stuhl zurück und sah mich mit unstetem Blick aus einem leeren Gesicht an. Ich stand auf, legte Geld für den Tee auf den Tisch, da packte er mich hart am Arm („So leicht kommst du nicht davon!"), fuhr jedoch sogleich zurück. „Wo willst du hin? Was tust du?"
„Goethe lesen!", gab ich knapp zurück.
„Goethe?", rief er verwundert und schnaubte verächtlich: „Pah! Goethe haben sie uns damals verleidet, das alles rühre ich noch nicht einmal mit dem kleinen Finger mehr an!"
„Tatsächlich", stellte ich fest. „Nun", ich machte eine Pause und legte etwas auf den Tisch, „es gilt: Wer hat verloren?" Ich drehte mich um und verließ den Raum.

Eine Viertelstunde später kehrte ich zurück: Ich hatte ein Buch zu holen.

Zwischenspiel

Du wirst die Menschen nicht ändern, wenn du ihnen nur ihre Irrtümer und Verfehlungen zeigst.

Du musst ihnen aus der Liebe die Urbilder der Welt malen.

Dann entdecken sie ihre Irrtümer selbst, und die Urbilder heilen sie gleichzeitig und bauen sie auf.

(PB)

Die Eishöhle

Tief in Gedanken versunken saß der Mann hinter dem Steuer seines Wagens. Unvermittelt lenkte er auf ein freies Stück Feld am Straßenrand, bremste scharf, kurbelte das Seitenfenster herunter, zündete sich eine Zigarette an, schloss die Augen und lehnte sich zurück. Ein harter metallisch klingender Ton riss ihn empor – jemand oder etwas musste auf die Motorhaube geschlagen haben! Und richtig, zuerst unscharf, dann immer deutlicher erkannte er die Umrisse einer Person. Es war eine alte Frau; sie trug einen Rock mit Schürze, eine karierte Bluse, die Ärmel hochgekrempelt, eine Strickjacke, ein Kopftuch und sah ihn finster an. Ihr Gesicht war faltig, grau-weiße Haare schauten unter dem Tuch hervor. „He, was soll das?", krächzte sie.

Er bewegte sich nicht, starrte sie nur an. Das hatte ihm gerade noch gefehlt! Als ob er nicht schon genug Sorgen hätte, jetzt musste ihm noch eine alte Bäuerin Ärger machen!

„Was wollen Sie?", fragte er genervt, den Kopf aus dem Fenster haltend. „Was fällt Ihnen ein, mein Auto zu beschädigen?"

„Auto – bah!", keifte die Alte. „Was interessiert mich Ihr Auto? Sie hätten mich fast umgefahren!"

„Umgefahren? Ich? Sie?", wiederholte der Mann und sah verwundert zu der Alten herüber. „Ich habe auf die Straße gesehen und da war nichts!"

„Ich war da", schimpfte die Alte, „am Straßenrand war ich, genau da!" Ihre knöcherne Hand zeigte auf eine Stelle am Boden seitwärts.

„Was haben Sie *da* auch zu suchen?", maulte der Mann, der sich zu müde für solch einen Streit fühlte. „Da konnte ich Sie nicht sehen, da brauchen Sie sich über nichts zu wundern!"

„Hat man so was schon gehört", ereiferte sich die Alte und schüttelte den Kopf; der Mann kurbelte das Fenster wieder hinauf und lehnte sich zurück.

„Frechheit", schimpfte die Alte, „so was ist mir ja in meinem ganzen Leben noch nicht untergekommen! Keine Manieren mehr die Leute heutzutage!" Sie griff einen Korb, der am Boden gestanden hatte, und drehte sich um. „Eine Unverschämtheit!"

Als der Mann sie so anblickte, kam ihm plötzlich eine Idee und er sprang hastig aus dem Auto, worauf die Alte erschrocken zusammenfuhr und ihren Schritt beschleunigte.

„Hallo, warten Sie!", rief der Mann. „Verzeihen Sie mein Auftreten und das andere, es war nicht recht, das stimmt. Aber", er fuhr sich mit der Hand über den Kopf, „ich fahre schon lange umher und habe wohl etwas die Nerven verloren. Es war nicht böse gemeint, glauben Sie mir, ich habe Sie wirklich nicht gesehen! Ich bin ziemlich übermüdet."

„Na gut", meinte die Alte misstrauisch, „aber merken Sie sich: Fahren Sie nie wieder blindlings durch eine Gegend, die Sie zudem nicht kennen! Und bei sich einstellender Müdigkeit machen Sie besser erst recht eine Pause."

„Ja", erwiderte der Mann kleinlaut, dann aber sagte er: „Was ich Sie nämlich fragen wollte: Sie kennen sich sicherlich gut aus hier, ich suche etwas Bestimmtes, was hier sein soll, aber was ich nirgends finden konnte!"

„Was denn?", die Alte stellte ihren Korb ab und schaute ihn aufmerksam an.

„Ich bin Reporter einer großen Zeitung und habe den Auftrag, die Eishöhle ausfindig zu machen. Ich erhielt einen Hinweis, sie in dieser Gegend zu suchen und jetzt bin ich ganz verzweifelt, weil ich nicht mehr viel Zeit habe. Man erwartet Ergebnisse von mir, Sie verstehen?"
„Also eine Eishöhle?", wiederholte die Alte fragend.
Der Mann nickte. „Ja, es klingt seltsam, nicht wahr?"
„Und was wollen Sie da?", erkundigte sie sich.
„Na, Bilder machen natürlich und ein Interview mit dem Bewohner, denn es soll da tatsächlich jemand leben, stellen Sie sich das einmal vor!"
„Ach", entfuhr es der Alten plötzlich, „*die* Eishöhle meinen Sie! Warum haben Sie das nicht gleich gesagt? Die kenne ich, habe sie selbst schon einmal von Weitem gesehen!"
„Wirklich?"
„Ja", bekräftigte die Alte, „sie liegt dort drüben, sehen Sie den Berg da?"
„Da hinauf?", stöhnte der Mann und verfluchte den Umstand, dass er sich nicht für so etwas vorbereitet hatte.
„Iwo", kicherte die Alte, „da hinunter! Sie liegt im Berg, tief darin!"
„Sehr tief?", fragte der Mann.
„So heißt es zumindest", erwiderte sie bedeutungsvoll.
„Wie komme ich am schnellsten dorthin?"
„Am schnellsten? Nun, wenn Sie laufen, sind es einige Monate, wenn Sie gehen einige Jahre. Das hängt von vielerlei Umständen ab."
Der Mann blickte die Alte verständnislos an. „Ich meinte mit dem Wagen. Zeigen Sie mir den Weg!"
„Nun", druckste die Alte, „wie soll ich es erklären? Es gibt schon einen Weg und es gibt ihn auch wiederum nicht. Und wenn Sie das nicht verstehen, so brauche ich

gar nicht weiter zu reden. Das ist nicht so leicht, wie Sie sich das vorstellen!"
„Was soll das bedeuten? Ich bin nicht hier, um Rätsel zu raten!", brauste der Mann wütend auf; die Alte nahm ihren Korb in die Hand. „Ich gab Ihnen kein Rätsel zum Zeitvertreib auf", sagte sie bestimmt, „Sie fragten mich, ich antwortete Ihnen. Und ich tat es zu Ihrem Wohle, denn das alles ist ja nicht ungefährlich. Wenn Ihnen das allerdings nicht passt, so tun Sie das, was Sie für richtig halten. Ich gehe jetzt."
„So bleiben Sie", bat der Mann verzweifelt. „Es war nicht so gemeint!"

Doch ehe er sich versah, war die Alte bereits ein beträchtliches Stück entfernt – wie flink sie laufen konnte! Frustriert trat der Mann gegen einen der Reifen. Es war zwecklos; sie würde mit Sicherheit nichts mehr sagen. So dicht war er am Ziel gewesen! Wenigstens hatte er einen Anhaltspunkt erfahren und es galt nun diesen Berg zu erreichen, koste es, was es wolle. In diesem Augenblick bremste ein Auto scharf neben ihm und eine Türe wurde aufgestoßen. Ein Mann in grüner Trachtenkleidung lehnte sich herüber. „Haben Sie eine Panne?", rief er mit kräftiger Stimme. Sein Gesicht war makellos-markig, gebräunt, die dünnen Lippen von einem schwarzen geschwungenen Schnurr- und Kinnbart umrahmt, sein Haar zurückgekämmt. Auffallend waren die dunklen Augen, aus denen ein alles durchdringender Blick blitzte und funkelte.
„Nein, ich habe mich nur verfahren."
„Verfahren? Wo wollen Sie denn hin?", erkundigte sich der Fahrer und stellte den Motor ab.

„Es klingt vielleicht etwas sonderbar, aber ich muss zur Eishöhle."

„Eishöhle? Kenne ich", erwiderte der andere. „Was wollen Sie da?"

„Ich soll einen Artikel darüber schreiben, ich bin Reporter", stellte sich der Mann vor.

„Reporter? Sehr erfreut! Ich bin Forstmann hier."

„Was für ein Zufall!", stammelte der Mann. „Dann waren Sie also schon dort und könnten mich hinbringen?"

„Freilich", lächelte der Jäger, „nichts leichter als das!"

Der Mann seufzte erleichtert: „Eben sagte mir eine Alte noch, das ginge nicht, es sei zu gefährlich – jetzt treffe ich Sie und schon funktioniert alles ganz einfach."

Der Jäger lachte laut auf: „Gefährlich? Das ganze Leben ist gefährlich! Wer nichts riskiert, der nichts gewinnt!" Dann hielt er kurz inne und sah auf den parkenden Wagen. „Allerdings – mit dem Gefährt kommen Sie dort nicht hin, da brauchen Sie schon so einen Geländewagen wie den hier!" Er klopfte mit der Handfläche auf das Armaturenbrett und fuhr mit der flachen Hand darüber.

„Ja, könnten Sie mich denn mitnehmen? Ich würde auch für die Fahrt bezahlen!"

„Eigentlich liegt es ja nicht auf meinem Weg", sagte der Jäger nachdenklich, doch als er das enttäuschte Gesicht des Mannes sah, winkte er ihn zu sich herein und meinte: „Also gut, weil Sie es sind! Ich bringe Sie hin! Und das mit der Bezahlung – na, steigen Sie ein, wir werden uns schon einig!" Der Mann folgte der Aufforderung und setzte sich neben den Jäger, der sogleich losfuhr.

„Bonbon gefällig?" Er hatte eine silberne Dose aus der Tasche gezogen, deren Deckel er per Knopfdruck wie bei einer Taschenuhr öffnete; mehrere leuchtende Bonbons lagen darin. Der Mann griff sich eins.

„Gut? Gut", freute sich der Jäger und ließ die Dose wieder verschwinden. Während der Mann das Bonbon lutschte, fiel ihm auf, wie müde er war. Er schloss die Augen und schlief sogleich ein, wobei er einen äußerst merkwürdigen Traum hatte:

Er sah sich in seinem Auto sitzen und hatte das Gaspedal voll durchgetreten. Doch anstatt vorwärts, schoss der Wagen nach hinten und als er am Lenkrad rüttelte, bemerkte er, dass dort gar kein richtiges angebracht war, sondern ein altes Schiffssteuerrad aus Holz, welches er drehte und drehte, aber das Auto reagierte nicht. Mit Schrecken sah er, dass er auf einen Abgrund zuraste, und so sehr er auch suchte, er fand kein Bremspedal. In seiner Not zog er die Handbremse, allerdings so stark, dass er sie in der Hand hielt. Der Wagen rollte weiter. Er schrie, doch es half nichts! Jetzt sauste der Wagen den Abgrund hinab, immer tiefer, immer weiter fallend – doch was war das? Aus dem Schlund der Erdspalte kam eine Kutsche mit sechs rabenschwarzen Pferden davor gespannt empor gefahren und auf ihr vorne sitzend erkannte er den Jägersmann, aber jener war als Teufel verkleidet. Er lachte und packte ihn, als das Auto vorbeirauschte, am Kragen, zog ihn zu sich auf die Bank. Wie wild peitschte er die Pferde, die mit aller Kraft aufwärts jagten, bis das Ende (oder auch der Anfang, je nach Blickwinkel) des Abgrunds erreicht war; die Kutsche fuhr geradewegs senkrecht weiter, also mitten durch die Luft; der Wind blies und fauchte und wirbelte sie nach links, nach rechts, dann tat es einen mächtigen Ruck und sie befanden sich horizontal zum Boden. Einmal drohte die Kutsche sogar umzukippen, aber der teuflische Kutscher packte einfach unter seinen Sitz und brachte das Gefährt wieder in die

Bahn. Und weiter drosch er auf die Pferde ein, welche nur noch aus Knochen zu bestehen schienen; mitleidig bat der Mann, die Tiere zu schonen, worauf der Kutscher nur spöttisch lachte und noch härter zuschlug. Immer ungemütlicher wurde es dem Mann und so nahm er allen Mut zusammen und rief: „Wo soll die Fahrt hingehen, Kutscher?"
„Überall hin und nirgends!", hohnlachte dieser und aus seinen Augenhöhlen funkelte und blitzte es kalt.
„Was willst du von mir?", kam es da dem Mann in den Sinn zu fragen, doch der Kutscher antwortete nicht, vielmehr schubste er ihn vom Sitz, worauf er fiel und fiel, immer tiefer, immer schneller, alles drehte sich um ihn und gleich würde er den Boden der Schlucht erreicht haben, da –!

Schweißgebadet wachte er auf. Sein Herz klopfte, er schaute um sich und wurde gewahr, dass er sich im Auto des Jägers befand. Soeben hatte dieser den Schlüssel umgedreht, der Motor ging aus, der Wagen stand.
„Schlecht geschlafen?", schaute ihn der Jäger an.
„Schlecht geträumt", antwortete der Mann und atmete tief durch. „Mir ist ganz elend zumute, ich weiß gar nicht, ob ich –!"
„Träume sind Schäume!", unterbrach ihn der Jäger und stieg aus, „kommen Sie, wir sind da." Zögerlich folgte der Mann und stand, als er um den Wagen herumgegangen war, vor einer Höhle, aus der schneidende Kälte drang. Die Seitenwände und der Eingang waren dick vereist.
„Ungemütlich, was?", sagte der Jäger und griff sich eine dicke Jacke aus dem Auto. „Machen Sie möglichst

schnell Ihre Fotos, damit wir hier weg können. Es gibt wahrhaftig schönere Orte, an denen ich lieber wäre."

Vorsichtig näherte sich der Mann der Höhle und befühlte eine Stelle mit seinen Händen.

„Vorsicht! Sie sollten sich nicht soweit hineinwagen!", rief der Jäger.

„Wie? Warum nicht?", fragte der Mann erstaunt. „Ich dachte, wir würden hineingehen?"

„Was?", empörte sich der Jäger. „Sie sind wohl nicht ganz bei Trost!"

„Aber das hatten wir doch abgemacht", beharrte der Mann. „Ich gehe hinein und mache meine Bilder." Er griff in seine Tasche und zog eine Kamera hervor.

„Dort hinein gehe ich nicht und abgemacht war das nicht: Ich sollte Sie nur bis zur Höhle bringen, mehr nicht!", konstatierte der Jäger und trat einen Schritt zurück.

„Fürchten Sie sich etwa vor der Kälte?", lachte der Mann. „Dabei haben Sie eine dickere Jacke an als ich."

Als er einfach in der Höhle verschwand, glaubte er noch, das Starten des Motors gehört zu haben, doch er achtete in Anbetracht der faszinierenden Umgebung nicht weiter darauf: Das Eis funkelte und glitzerte in hellem Lichte; der Weg führte, wie er feststellte, steil bergab. Ganz still war es hier unten. Auf einmal tat sich der Gang etwas auf und er erblickte einen weiten Raum vor sich.

„Das Innere der Eishöhle", kam es staunend aus seinem Mund.

„Wie bitte?", ertönte eine Stimme und gleich darauf sah er einen Mann auf sich zukommen. „Wie kommen *Sie* denn hier herein?"

„Ich bin Reporter", sagte er und klopfte an die Eiswand, „wirklich echt?"

„Echt?"

„Aus Eis?"
„Gefroren. Ja." Der Mann schaute ihn von der Seite an. „Sie sollten gehen, Sie können sich hier nicht lange aufhalten. Sie haben hier nichts verloren."
„Irrtum! Ich denke gar nicht daran, zu gehen – jetzt, wo ich endlich hier bin. Erst muss ich alles gesehen haben für meinen Artikel!"
„Artikel? Sie wollen einen Artikel hierüber schreiben?" Der andere schüttelte heftig seinen Kopf: „Das ist absurd! Das versteht niemand. Sie verstehen es ja selbst nicht!"
„Na und? Ich habe doch Sie! Sie scheinen ja über alles bestens informiert zu sein. Sie haben sicher nichts gegen ein kleines Interview?" Der Mann zog ein Aufnahmegerät hervor und hielt es dem anderen hin.
„Ich beantworte nur drei Fragen", sagte der Höhlenmensch, „danach gehen Sie."
„Auch gut, also erste Frage: Woher stammt das Eis?"
„Es sind gefrorene Tränen."
„Sehr schön", lachte der Mann. „Aber ich bin Journalist, kein Poet, also keine Allegorien bitte." In diesem Moment schüttelte er sich. „Wieso ist es hier eigentlich *so* kalt? Diese Kälte ist sonderbar, ich kann es gar nicht richtig beschreiben, das ist doch nicht nur das Eis oder?" Sein Blick fiel auf ein Rohr an der Wand. Darunter war noch eins, daneben ebenfalls und auch darüber, ja überall bemerkte er plötzlich Rohre, die in den Wänden steckten.
„Seltsam, die sind mir eben gar nicht aufgefallen", murmelte er und wendete sich an den Höhlenmenschen. „Zweite Frage: Kommt die Kälte daraus?"
„Ja und nein", der Mann zögerte. „Es ist alles nicht so, wie Sie sich das vorstellen."
Der Mann steckte einen Finger hinein. „Hohl?!"

Bevor ihn der Höhlenmensch davon abhalten konnte, blickte der Mann in eines der Rohre. Ihm bot sich ein seltsames Bild: Er sah eine Schulklasse, in der vom Lehrer gerade Noten verteilt wurden. Ein Schüler wurde besonders ungerecht bewertet und seltsamerweise war sich der Mann sofort sicher, dass dieses Unrecht eine Tatsache war, dieser Junge also *wirklich* schlechter benotet worden war, als es seine Leistung erforderte. „Herr Lehrer, ich war viel besser", meldete sich der Junge, doch der Lehrer lachte nur und schüttelte seinen Kopf: „Du musst dich mehr anstrengen!"

In diesem Moment wurde der Mann eines schmerzenden Gefühls gewahr – doch er schaute weiter.

„Herr Lehrer", versuchte es der Junge nochmals, „ich habe mich sehr angestrengt, und wenn ich mich mit den anderen vergleiche, schneide ich viel zu schlecht ab. Ich habe mich immer gemeldet und Richtiges gesagt, den Unterricht vorangebracht –, das haben Sie selbst hervorgehoben eben!"

„Nun aber Schluss jetzt!", donnerte der Lehrer ärgerlich. „Ich mache die Noten, fertig, aus, Ende. Störe nicht den Unterricht! Du musst lernen, dich selbst kritisch zu betrachten. Du musst dich eben noch viel mehr anstrengen. Und jetzt sei endlich still!"

Verbittert sank der Junge auf seinen Platz in der Bank zusammen und ballte die Fäuste in der Tasche. – Der Mann prallte zurück. Er war weiß im Gesicht und flüsterte kaum hörbar: „Schrecklich! Ich habe das Unrecht nicht nur gesehen, ich habe es gespürt, ganz genau gespürt, was diesem Kinde angetan wurde!" Er schüttelte sich am ganzen Körper, dann hielt er inne: „Und so ergeht es Tausenden von Kindern auf der ganzen Welt!"

„Kommen Sie weg da!", rief der Höhlenmensch, doch der Mann schaute bereits in ein anderes Rohr. Dort sah er folgende Szene: Ein Hund war an einen Pfahl angeleint, sodass er nicht fortlaufen, aber auch den Besitzer, der vor ihm stand, nicht angreifen konnte, und nun wurde er von diesem mit einem breiten Ledergürtel erbarmungslos durchgeprügelt, so dass er jämmerlich aufjaulte und rasend vor Schmerzen an der Leine zerrte, hochsprang und die Zähne fletschte. „Nimm das, elender Köter!", hörte er eine Stimme, auf die ein fieses Lachen folgte, dann sauste der Gürtel durch die Luft, es knallte und alles wurde wieder vom Mark erschütterten Gejaule des malträtierten Hundes übertönt – der Mann trat einen Schritt vom Rohr zurück. „Schrecklich!", rief er, sein Gesicht hatte noch mehr Farbe verloren, er zitterte.

„Gehen Sie weg da", mahnte der Höhlenmensch und schritt auf ihn zu. „Sie haben hier nichts verloren, Sie haben schon zu viel gesehen! Die Rohre sind zu gefährlich für Sie!"

„Nein!", schrie der Mann. „Nein! Wie konnte dieser Ort so lange unbemerkt bleiben? Das muss jeder wissen, das ist alles so traurig, gehen Sie, lassen Sie mich!" Bevor ihn der andere davon abhalten konnte, hatte der Mann einen großen Sprung zur Seite getan, um dann seinen Kopf mit dem linken Auge an das nächste Rohr zu pressen.

Bei diesem Bild erstarrte er.

Begegnung der dritten Art

Es war spät am Abend, als ich eine matt erleuchtete Straße überquerte, in einen Nebenweg einbog und mich unversehens in einem Hinterhof befand, der links von Häusern und rechts von einer hohen Mauer umschlossen war. Vor mir sah ich eine Gruppe junger Erwachsener, die einen Halbkreis gebildet hatten, und hörte ein Schmerz durchzogenes Jammern und Flehen sowie die scharfe Stimme desjenigen, der in der Mitte stand und wohl ihr Anführer war: „Wo ist das Geld? Wo hast du es versteckt?" Dann trat er mit dem Bein nach vorne gegen jemanden, der auf dem Boden kauerte.
„Was macht ihr da? Lasst ihn in Ruhe oder ich hole die Polizei!", rief ich mit für mich selbst überraschend lauter und durchdringender Stimme. Die Gruppe verharrte einen Augenblick, ihr Anführer drehte sich mechanisch um, sah zu mir herüber, machte eine Handbewegung und sofort sprangen alle auf ihre Motorräder, die etwas abseits standen. Sie fuhren an mir vorbei, bogen rechts um die Ecke und waren verschwunden.
Ich lief zu dem Mann am Boden und wollte ihm aufhelfen. Doch da schnellte er unerwartet in die Höhe, versetzte mir dabei mit seiner Schulter einen Stoß, sodass ich nach hinten gegen die Mauer prallte. „Hände weg!", fauchte er und zwei dunkle Augen blitzten mich böse an. „Wir brauchen eure Hilfe nicht!" In seinen Worten lag ein unpassender Stolz vermischt mit Hass. Er lief zu seinem Motorrad, welches an eine Mülltonne gelehnt stand, sprang auf und fuhr an mir vorbei – rechts um die Ecke.
In diesem Moment ging Licht in einer Kammer an, die direkt unter dem Dach lag. Ich sah, wie sich jemand setzte, ein Mann an seinen Schreibtisch – es war die typisch

vorne übergebeugte Haltung –, er schien zu lesen. Oder schrieb er? Nun erhob er sich. Er ging nach links, verschwand für mich, tauchte dann wieder auf, setzte sich. Sein rechter Arm zeigte jetzt abgewinkelt auf den Kopf –, ein Knall zerriss die Stille.

Geschockt von dem Gesehenen und die notwendigen Maßnahmen dadurch nicht veranlassend, rannte ich aus dem Hof. Ich bog nach links, lief so schnell mich meine Beine trugen, rein in die nächste Seitengasse, die irgendwohin führte, an ihrem Ende weiter die Straße hinunter, weg von jenem Ort, ich rannte und rannte und blieb schließlich völlig außer Atem stehen. Seltsamerweise fühlte ich mich mit einem Male ganz ruhig, setzte mich auf eine Bank, atmete tief durch und dachte nur noch an die eine Frage: *Warum*?
Ich schaute hinauf zu den Sternen, mein Blick wurde abgelenkt und angezogen von der blinkenden Leuchtreklame eines Geschäfts auf der anderen Straßenseite – ich dachte nach. Ich dachte und dachte und fand die Lösung nicht. In diesem Augenblick fiel mein Blick auf ein merkwürdiges Schattenspiel an der Häuserwand einer Seitenstraße. Ich ging darauf zu, blickte wieder in einen Hinterhof, sah dort eine Tonne, in der ein Feuer brannte, und drei Gestalten, die darum standen. Ich stellte mich neben sie, doch mit etwas Abstand, um mich nicht aufzudrängen. Sie sahen aus wie Landstreicher oder Bettler, doch nicht verwahrlost oder heruntergekommen und vor allen Dingen schienen sie mir nicht gefährlich zu sein. Ob jene Leute mir helfen konnten?
Nach einer Weile des Schweigens begann ich, ihnen von dem, was ich erlebt hatte, zu erzählen. Sie hörten mir zu, ließen mich zu Ende sprechen, doch konnte ich mich des

Eindrucks nicht verwehren, dass sie mein Vorgebrachtes nicht im Geringsten interessierte. Mein Bedürfnis, eine Erklärung für die Ereignisse zu finden, stieß bei ihnen nicht auf Resonanz und löste auch keine Reaktion aus. Völlig gleichgültig hatten sie mich angehört, verharrten in ein- und derselben Position, hatten den Blick starr vor sich gerichtet.

„Ihr seid so still, seid so stumm. Dabei gibt es nichts in dem, was ich sagte, dass euch unverständlich ist –, warum also bleibt ihr teilnahmslos?", fragte ich, aber keine Miene wurde verzogen, niemand bewegte sich.
„Wer seid ihr denn, dass euch das alles so kalt lässt?", rief ich ärgerlich und verwundert zugleich.

„Ich bin der Materialismus", erklärte die hagere Gestalt hart.
„Ich bin der Pessimismus", gab die graue Gestalt traurig von sich.
„Ich bin der Nihilismus", versetzte die unheimliche Gestalt tonlos.

Die Konfrontation

Und da waren wir nun: Er saß mir gegenüber, sein Äußeres ist unerheblich, ich wusste eh, dass der eigentliche Feind sein Anwalt war, der sich ein Stück hinter ihm befand. Das Gespräch begann vorbereitet, der andere hatte auch viel mehr Übung, ja er war sogar extra ausgebildet worden, dafür wusste und sah er nichts von meinem Berater. Während der andere redete, wendete ich den Kopf zu diesem und sprach lautlos: „Sein Anwalt hält sich hinter ihm verborgen, ob er glaubt, wir sehen ihn nicht? Aber doch, da grinst er hämisch zu uns herüber! Oh, ich möchte ihn am liebsten verjagen, aber das geht nicht so einfach."
Ein wärmender Lichtstrahl traf mich bestätigend. Mein Gegenüber attackierte mich derweil scharf und wendete jeden Trick an, von der direkten Beleidigung bis zur Schuldzuweisung; er zog alle Register.
„Was hat er eigentlich gegen mich?", fragte ich meinen Berater.
„Du leuchtest ihm zu hell!", war die Antwort.
„Ich?", rief ich da erstaunt. „Ich und hell leuchten? Ich bin doch nur ein kleines Sternenlicht!"
„In der Dunkelheit stört jedes Licht", erwiderte er ruhig und ich vernahm weiter die Vorwürfe und Lügen, die der andere hervorbrachte.
„Oh, wenn du nur sehen könntest, wie sein Anwalt lacht und feixt! Das macht mich ganz rasend", sagte ich äußerlich ruhig, innerlich erzürnt.
„Aber ich sehe es doch! Und dafür hältst du dich ausgezeichnet!", war seine auch innerlich ruhige Antwort.

Ich weiß nicht mehr, wie lange ich dort saß, doch als der andere fertig war, erkannte ich das sogleich und leitete das Gegenplädoyer ein: Ich widerlegte alles, was er vorgebracht hatte!

Jedoch: Als ich fertig war, merkte ich, dass der andere mir gar nicht zugehört hatte. Mit einem höhnischen Lachen und einem bösen Blick hielt nämlich der Anwalt seine Hände über die Ohren des anderen.

„Das ist einfach ungerecht, ich habe ja nicht die geringste Chance in diesem Verfahren!", sagte ich zu meinem Berater. Der Anwalt zog zynisch grinsend die Mundwinkel nach unten.

„Siehst du! Siehst du, was er macht?", ereiferte ich mich.

„Was du siehst, ist gar nichts im Gegensatz zu dem, was du nicht siehst", sagte mein Berater milde.

„Ja, aber ich kann das doch nicht einfach so hinnehmen!" rief ich und überlegte dann einen Augenblick: „Wie schaffst du es eigentlich, so ruhig zuzusehen? In dir muss sich doch alles empören!"

„Das tut es auch. Und dennoch: Die ganze Zeit über bin ich bei dir. Du bist also nicht allein", antwortete er mir teilnahmsvoll.

„Richtig", schämte ich mich da. „Und ich habe gar keine Vorstellung davon, wie es wäre, wenn du nicht bei mir wärst. Oder doch: Ich wäre hoffnungslos verloren! So aber kann ich ihm zumindest widerstehen, ja ich tue durchaus etwas! Nur mit deiner Hilfe vermag ich mich der Lüge nicht zu beugen! Dank dir erkenne ich sie erst als solche. Dank dir darf ich wahr sein. Ja, ich bleibe wahr, ganz egal, was auch passiert!"

In diesem Moment war der Prozess schlagartig beendet. Es sollte nun die Strafe verkündet und vollzogen werden.

Als ich aufstand, wendete ich mich schnell an den anderen, weil ich sah, dass sein Anwalt zwar weiterhin anwesend, aber zumindest seine Hände von dessen Ohren genommen hatte, sodass er hörte, als ich ihn fragte: „Nachdem Sie Ihr Urteil schon vor Verhandlungsbeginn gefällt hatten, bitte ich Sie doch, mir eine Frage zu beantworten: Können Sie es mit sich vereinbaren, vor sich selbst verantworten, die Zukunft eines jungen Menschen aus gekränkter Eitelkeit, Rachsucht und Egoismus rücksichtslos zu zerstören?"

„Es ist mir völlig egal, was aus dir wird, das kümmert mich nicht im Geringsten. Du bist nichts für mich." Seine Stimme war kalt und leer.
Ich ging zur Türe, da hörte ich plötzlich zum ersten Mal *seine* Stimme; ich konnte sie ganz deutlich wahrnehmen, sie war blechern und vibrierend im Unterton: „Willst du ihn dafür nicht bestrafen, kommt da in dir nicht eine Menge Hass und Wut hoch? Spüre genau nach, tief in dir drin, da ist doch etwas! Sag mir, willst du es ihm nicht heimzahlen? Ich helfe dir dabei! Du kannst auch mein Klient werden, ich nehme immer welche an und bedenke: Ich kenne alle seine Schwächen!"

Sicher schüttelte ich den Kopf: „Ich will ihr Angebot nicht, denn ich habe erkannt: Er ist ja schon genug gestraft."

Teil 3: Hypomochlion[4]

Wir werden die Wahrheit finden, wenn wir das Problem prüfen.

Das Problem ist nicht weit von der Antwort.

Das Problem ist die Antwort.

Wenn man das Problem versteht, löst man das Problem.

(BL)

---

[4] Der Dreh- oder Unterstützungspunkt eines Hebels wird auch als *Hypomochlion* bezeichnet. Hebel dienen der Kraftübertragung und ermöglichen große Kraftwirkungen mit geringem Aufwand.

Der Angler-Effekt

Still saß das kleine Mädchen auf den schweren Balken des hölzernen Steges und ließ die Beine über den Rand hinab zum Wasser des Sees baumeln, ohne es jedoch zu berühren. Etwas entfernt von ihr verharrte ein Angler schon seit geraumer Zeit in ein und derselben Haltung: im Klappstuhl sitzend, den Hut ins Gesicht gezogen, die Angelrute lässig eingeklemmt zwischen Stuhllehne und Hand, die Beine weit nach vorne ausgestreckt, so als hielte er ein Schläfchen; neben ihm stand ein Bassin, in dem ein Fisch schwamm, während ein anderer still auf der Stelle trieb.

Über ein aufregendes Ferienerlebnis sollte das Mädchen einen Aufsatz schreiben, so hatte es die Lehrerin aufgegeben. Lange hatte es Ausschau gehalten, sorgfältig die verschiedensten Leute beobachtet, bis sie auf jenen Angler gestoßen war.

„Wie viele Fische fangen Sie so?", fragte es.

„Hm", brummte der Angler, ohne sich zu rühren.

„Fangen Sie auch etwas anderes als Barsche?"

„Ja", entfuhr es ihm erstaunt, er bewegte den Kopf zur Seite und blinzelte sie aus den Augenwinkeln an: „Woher weißt du, dass ich dort Barsche habe?"

„Ach", erwiderte sie, „das sieht man doch gleich: die dunklen Querstreifen, der schwarze Fleck, die gelb-orangenen Bauchflossen!"

Ein Lächeln huschte über das Gesicht des Anglers. „Sieh mal einer an, du kennst dich aus!", freute er sich und winkte sie zu sich. „Setz dich her, dann kannst du den nächsten Fang hautnah miterleben." Das kleine Mädchen rutschte neben ihn. Da wurde es auf einmal wild im Wasser, der Angler zog an, ein Platschen und Klatschen er-

tönte, wenig später landete der nächste Fisch im Wasserbecken.
„Forelle", sagte das Mädchen.
„Welche?", fragte der Angler streng.
„Es gibt drei Arten, die in ihrer Lebensweise und in ihrem Revier deutlich voneinander abweichen: die Meerforelle, die Seeforelle und die Bachforelle", erklärte sie und sagte: „Dies hier ist natürlich die Seeforelle!"
„Alle Wetter", murmelte der Angler beeindruckt, „das hat man nicht oft! Lernt ihr das etwa heutzutage in der Schule?"
„Nein", lachte das Mädchen und der Angler stimmte ein: „Hätte mich auch gewundert!" Plötzlich verstummten beide. Ein ernst dreinblickender Mann stand hinter ihnen und begutachtete interessiert das Bassin. Dann fragte er: „Was für eine Methode verwenden Sie?"
„Methode?", wiederholte der Angler.
„Jeder hat eine Methode. Sie etwa nicht?"
„Hm", überlegte der Angler, „doch schon. Ja, ich habe die natürliche Methode!"
„Natürliche Methode?", der Mann seufzte und wendete sich ab.
„Seltsamer Kerl", meinte der Angler und 1schnaubte verächtlich durch die Nase: „Methode - lachhaft!"
Das Mädchen stand auf. „Ich komme nachher wieder!", rief sie und folgte dem Mann von eben: „Entschuldigen Sie bitte!"
„Ja?" Seine Stimme war freundlich.
„Was meinten Sie mit Methode und wozu wollten Sie das wissen?"
„Einen Stock mit Bindfaden dran ins Wasser zu halten, hat mit ‚Angeln' nichts zu tun. Es ist vergleichbar mit einem Jäger, der es sich in seinem Hochsitz gemütlich

gemacht hat und nur das schießt, was ihm zufällig vor die Flinte läuft, aber auch dieses nur dann erlegt, wenn er wiederum zufällig einmal treffen sollte. Selbstverständlich wird sich im Laufe der Zeit so der ein oder andere Erfolg einstellen, ja irgendwann kann es sogar geschehen, dass er ein besonderes Prachtexemplar schießt. Wer dann *nur* die Resultate betrachtet und die Umstände nicht beachtet, wird jenen Jägersmann für einen hervorragenden Vertreter seiner Zunft, für einen Fachmann und Experten halten – der Kenner jedoch sieht sogleich, er ist das, was er von Anfang an gewesen ist: ein Stümper in der Gunst des Augenblicks.
Wenn du diesen Vergleich verstehst, wirst du immer den Unterschied zwischen dem Künstler und dem Techniker feststellen können, wirst den Angler erkennen und den Rutenhalter entlarven."
Mit diesem Satz empfahl er sich und das Mädchen, welches aufmerksam zugehört hatte, lief wieder zum Steg zurück. Langsam und gemächlich kam ihr der Mann entgegen; seine Gerätschaften, den Stuhl, das Bassin, alles hatte er an seinem Platz gelassen.
„Sie gehen?"
„Morgen bin ich wieder hier, da kannst du mich wieder besuchen kommen, wenn du willst!"
„Und Ihre Sachen?"
„Die rührt keiner an."
„Aber wo sind denn Ihre Fische?"
„Im Wasser", brummte er.
„Wo?", fragte sie verwundert und blickte zum leeren Bassin hinüber.
„In *dem* Wasser natürlich!", erwiderte er und deutete auf den See.

„Sind Sie Ihnen wieder hineingefallen, sind Sie versehentlich gegen das Bassin gestoßen?"
„Unsinn", fuhr er sie an und ging nun etwas schneller, doch das Mädchen lief ihm hinterher.
„Aber wieso sind sie dann wieder im See?"
„Weil ich sie wieder hineingeworfen habe!", knurrte er.
„Wieder hinein? Das verstehe ich nicht."
„Damit ich morgen wieder angeln gehen kann natürlich", stieß er verärgert hervor.
„Ach, *das* ist Ihre Methode", dämmerte es ihr da und sie blieb stehen.
„Dummes Gör'!", entfernte sich der Mann schimpfend, das Mädchen aber blickte ihm nach, bis er nicht mehr zu sehen war. Sie wusste nun.

Sternenlicht

Ich befand mich nun vor ihm und schaute mich um. Neben mir hatte sich eine Gruppe Schaulustiger eingefunden, wie sie immer und überall bei solchen Begebenheiten dabei ist; eine Handvoll illustrer Gestalten, selbst mindestens genauso skurril wie die Erwartungen, die sie stets bei solch einer Sache mit sich führen.
„Was wollen Sie eigentlich hier? Alles alt, alles baufällig, sehen Sie nur", sagte einer zu mir, deutete auf eine Stelle und schüttelte sich.
„Wahrhaftig, ein uraltes Gemäuer, vielleicht besteht sogar Einsturzgefahr. Ist das Betreten überhaupt behördlich genehmigt?", fragte ein anderer.
„Uraltes Gemäuer?", schauderte ein junges Fräulein. „Womöglich spukt es dort? Man hört da ja so mancherlei!"
„Es spukt dort drin nicht mehr als hier draußen!", amüsierte sich ein Fremder, der gerade eben hinzugetreten war und den niemand kannte. Er erntete unverständliche Blicke.
„Keine Angst", tönte die sonore Stimme eines älteren Herrn, „das ist doch alles Aberglaube und dank unserer modernen Wissenschaften nicht mehr möglich."
„Ich will Ihnen nicht widersprechen", krächzte da eine Alte mit weißen Haaren unter einem Kopftuch hervorblickend, „trotzdem gibt es unzählige Gerüchte, die besagen, dass es dort nicht geheuer ist. Man erzählt sich die schauerlichsten Geschichten und ich selbst habe als Kind noch vor meinen Großeltern heiligstes Gelöbnis ablegen müssen, dieses Gemäuer niemals zu betreten. Und obwohl wir Kinder neugierig waren und uns die angedrohten Strafen nicht schrecken konnten, sind wir in diesem

Falle doch nie hineingegangen, denn gar seltsam ist es an jenem Ort, so seltsam, dass wir ihn freiwillig mieden und uns sogar der Friedhof mit seinem hinteren Teil, wo die verfallenen Gräber und wackeligen Kreuze stehen, wie ein Spielplatz erschien. Beileibe, da hinein hätten uns keine zehn Pferde gekriegt!"

„Es ist nicht der rechte Ort, noch die rechte Zeit für Kindermärchen", rief der Fremde unbekümmert, „denn wenn mich nicht alles täuscht, so steht ihr doch selbst jetzt an jenem Platze, den ihr just so schwarzmalerisch beschrieben, und wenn ich euch so anblicke, scheint ihr ruhig und unversehrt zu sein, vielleicht sogar lebendiger als ehedem?"

„Hütet eure Zunge!", keifte die Alte erbost und hob die Faust, „wer so denkt, stellt sich gegen warnendes Wissen und huldigt dem Spottgott. Wenn ihr es nämlich genau wissen wollt, so fühle ich es jetzt wieder, wie damals ist es, meine Beine wollen fort von hier!" Die Alte drehte sich um, doch der Fremde hielt sie auf: „Sagt zuvor, was ist es denn eigentlich genau, was über dieses Haus in Umlauf gebracht wurde? Oder hat das Gerücht keinen Namen?"

„Die Geschichte des Hauses beginnt im vorigen Jahrhundert", begann die Alte unvermittelt zu erzählen, „ein junges Ehepaar gebar einen Sohn, so lieblich und rein wie ein Engelein, frohen Mutes und ehrlichen Herzens und er ward von jedem gerne gesehen im Dorfe. Er spielte und lief in der Natur herum und alsbald gewöhnten sich die Dörfler so sehr an ihn, wenn er hier und dort auftauchte, dass sie ihn gar nicht mehr missen wollten. Er war aber auch eine treue Seele! Stundenlang konnte er dem Müller in seiner Mühle bei der Arbeit zusehen und es gab nichts, an dem er nicht etwas Interessantes entdeckt hätte. Aber die Zeit steht ja nicht still und aus dem zarten Knäblein wuchs ein schlanker Bursche heran, der schließlich sogar studierte und ein gescheiter Kopf wurde, wobei er aber niemals das vergaß, was ihm immer wichtig gewesen war: die Menschen. Kein verstaubter Bücherwurm also, wenngleich er doch viel gelesen haben musste, denn er wusste auf jede Frage stets die Antwort und war die Frage noch so kompliziert. Eines Tages zog er fort in ein fremdes Land, so hieß es, und man hörte nur noch hin und wieder etwas von ihm, wenn jemand eines seiner neuen Bücher im Laden sah; denn er war Schriftsteller geworden, wie einige behaupteten, und alle glaubten das, denn jemand, der Bücher schrieb, musste Schriftsteller sein, auch wenn niemand verstand, was er schrieb; aber es las ja auch keiner. Irgendwann erzählte dann jemand, er hätte ihn gesehen, doch sei er jetzt Redner, und mit der Zeit häuften sich die Aussagen: Er war Erzieher, Redakteur, Lehrer, Herausgeber und so fort, bis eines Tages jener Jüngling, mittlerweile zum Manne gereift, an diesen Ort zurückkam und jenes Haus errichten ließ, vor dem wir –!"

„Moment", unterbrach sie da der andere, „sagten Sie nicht eben, er sei in diesem Haus schon geboren worden?"

„Unsinn", fuhr ihn die Alte an, „Sie passen nicht richtig auf! Wie wollen Sie etwas verstehen, wenn Sie nicht richtig zuhören? Das sagte ich nämlich mit Sicherheit nicht! Mag sein, dass Sie es so gehört haben, so für sich."

„Na hören Sie mal", mischte sich da der eine nun ebenfalls ein, „ich habe das auch so gehört: Sie sagten, die Geschichte des Hauses begann dann und dann und erzählten von einem Ehepaar und seinem Sohn, also liegt es doch nahe, da es ja um dieses Haus geht, dass die Eltern samt Sohn hier gewohnt haben oder nicht?"

„Lassen Sie es gut sein", beschwichtigte da der Ältere, „wir wollen doch die Geschichte weiter hören und im Prinzip interessiert es auch nicht sonderlich, was Sie da einwenden, das ist doch ganz unerheblich. Die Hauptsache ist der Kern der Sache. Gute Frau, fahren Sie bitte fort!"

„Auf Wortklauberei lasse ich mich nicht ein", krächzte die Alte: „Es gibt eben Menschen, die wollen und können nichts verstehen. Für die erzähle ich auch nicht, ich erzähle für die, die guten Willens sind. Also: Der Bau des Hauses dauerte lange (man sagte, es wäre aus Sternenlicht gemacht!) und war den hier lebenden Menschen gar nicht recht, auch kam ihnen der Mann sehr seltsam vor, er war ganz anders geworden als sie selbst, und dann erst jenes Haus – es war ebenfalls anders als alles, was man jemals gesehen hatte! Und dazu kamen die Versammlungen, die darin abgehalten und in denen höchst merkwürdige Dinge besprochen wurden. Plötzlich kam den Dorfbewohnern ein bestimmter Verdacht und es gab auch viele, die schon vorher ihre Abneigung geäußert hatten und die nun verstärkt ihrem Unmut Luft verschafften. So wurde eines Tages ein Plan entworfen, wie man sich des Ganzen entledigen konnte, und weil es sich anbot, wurde der Silvesterabend für das Vorhaben gewählt. An jenem Abend fand eine Versammlung all derer statt, die am engsten um den Mann standen, so hatte jemand in Erfahrung gebracht, und es galt die Gelegenheit zu nutzen, auf dass eine Gruppe heimlich zu dem Hügel hinaufzog, auf dem wir jetzt stehen, sich dem Hause näherte, um den Plan in die Tat umzusetzen. Deutlich hörten sie die Stimme des Mannes in der klaren dunklen Nacht, doch sie zündeten die vorbereiteten Fackeln an und steckten das Haus in Brand. Danach verschwanden sie wieder so lautlos und unerkannt, wie sie gekommen waren; das Feuer aber, welches sie hinterlassen hatten, brannte und hell schlugen die Flammen in den Himmel."

„Nun kommen Sie langsam mal zum Punkt", schimpfte der eine und trat von einem Fuß unruhig auf den anderen, „mir sind schon die Beine eingeschlafen!"

„Und kalt wird es auch", flüsterte das Fräulein.

„Nur nicht drängen, ich wäre gleich fertig gewesen, aber so vergeudet ihr nur unnötig Zeit", verteidigte sich die Alte und raunte: „Am nächsten Tag, als die Feuerleger der letzten Nacht auf den Hügel stiegen, um ihr Werk zu begutachten, trauten sie ihren Augen kaum und es traf sie wie ein Schlag: Das Haus war immer noch da und auch der seltsame Mann hatten den Anschlag überlebt. Das konnte nicht mit rechten Dingen zugehen, sagten sie sich und liefen von wilder Angst ergriffen schreiend davon. Man hat sie seitdem nie wieder gesehen, doch trugen sie ihr Erlebtes in die Welt hinaus, obwohl ich nicht glaube, dass das eigentliche Gerücht dadurch entstand. Das Mysteriöse bildete sich erst, als einige Wanderer – das Haus gab es immer noch, aber der Mann war längst gestorben – berichteten, sie hätten ein brennendes Haus gesehen und eine Stimme gehört, die klang, als würde sie einen Vortrag halten, doch die eiligst herbeigerufene Feuerwehr habe nichts feststellen können und hatte sich umsonst den Hügel hinaufgemüht."

„Ammenmärchen", lachte der Fremde. „Vergleichbares findet sich in jedem Spukgeschichtenbuch! Hingegen würde mich interessieren –."

„Ich bin noch nicht fertig!", wies ihn die Alte scharf zurecht. „Warten Sie gefälligst, bis Sie dran sind!" Und zu

den anderen gewandt meinte sie: „In einem hat der dort aber Recht –, diese Dinge für sich genommen reichen nur aus, um das Gemäuer mit einem Gruselmantel zu behängen, und dies hätte uns Kinder nicht abgestoßen, sondern vielmehr wie die Motten magisch angezogen. Nein, etwas anderes war es und dies tauchte erst in meiner Kindheit auf; jenes Gerücht besagt, dass der seltsame Mann noch vor seinem Tod ein geheimes Archiv in dem Haus eingerichtet hatte. Und darin versteckt", sie machte eine Pause und riss die Augen weit auf, „darin versteckt soll ein Klavier sein, aber kein gewöhnliches Klavier, sondern ein Geisterinstrument, welches nur mit den Händen eines Toten gespielt werden kann!"
Angespannt hielten wir alle die Luft an, denn die Alte gab Zeichen, dass sie gewillt war, sogar dies noch zu überbieten: „Und ob ihr es nun glaubt oder nicht, das Klavier wird gespielt! Von wem – das weiß keiner! Noch niemand hat das Klavier gefunden und nun könnte jemand einwenden, es sei doch ganz einfach, man bräuchte schließlich bloß der Musik nachzugehen, doch wird dabei vergessen, dass das Klavier nur nachts gehört wurde und nachts würde man hier noch nicht einmal seinen schlimmsten Feind hinwünschen! Außerdem höre das Klavierspiel in dem Moment auf, in dem die Schwelle dieses Hauses übertreten wird! Es ist also ganz unmöglich, das Klavier zu finden, aber es ist doch da!"
Während die Übrigen schwiegen, sagte der Fremde großspurig: „Wenn dem so ist, dann bleibe ich die Nacht über hier oben! Wollen doch mal sehen, was passiert." Er lachte. „Wenn überhaupt etwas passiert", fügte er mit verschmitztem Gesichtsausdruck hinzu.
„Wenn etwas passiert, dann passiert es auch", gab die Alte von sich, „denn ihr wisst eines noch nicht: den In-

halt des letzten Gerüchts! Und dieses tauchte auf als damals, ich weiß es noch ganz genau, ein gleich mutiger und unerschrockener Draufgänger, wie sie es sind, den tollkühnen Entschluss fasste, eine Nacht in jenem Spukhaus zu verbringen. Und obwohl ihn alle von seinem waghalsigen Plan abzubringen versuchten, ließ er sich in seiner Absicht nicht erschüttern, stemmte vielmehr seine Hände in die Hüften und schnaubte: ‚Ich werde sehen, welcher Schabernack dort getrieben wird und das Ganze aufklären. Was es aber nicht gibt, vermag mir auch nichts anzuhaben!' Mit diesen Worten zog er los, die Nacht hier zu verbringen. Einige weniger Furchtsame begleiteten ihn, blieben aber in sicherer Entfernung am Waldrand dort unten zurück, um auf ihn zu warten. Mitten in der Nacht geschah dann das Unglaubliche: Einer der Zurückgebliebenen glaubte, Musik zu hören, drehte sich jedoch auf die andere Seite, hielt es für einen Traum, doch als die Musik nicht aufhören wollte und sogar lauter wurde, sprang er angsterfüllt auf, gewahr werdend, dass es *kein* Traum war, weckte die anderen und alle hörten jene seltsame Musik, die zu beschreiben ihnen später unmöglich war. Plötzlich ertönte ein gellender Schrei und sofort liefen sie den Hügel hinauf, um nach dem anderen zu sehen – denn der Schrei musste zweifelsohne seiner Kehle entsprungen sein –, da verharrten sie. Aus dem Haus kam eine Gestalt auf sie zugestürmt, die sie erst für ihren Freund hielten, dann aber als einen alten Greis erkannten, der mit langen weißen Haaren, knochigem Körper und Augen, in denen eine seltsame Tiefe lag, einige Meter vor ihnen stoppte, wie wenn er erst jetzt merkte, wo er war, um daraufhin erneut schreiend zum Haus zu laufen, an diesem jedoch vorbei, in den Wald hinein und danach nie mehr gesehen wurde."

„Sie wollen uns also weismachen, dass der junge Spund ein alter Mann geworden war?", hakte der eine an jener Stelle ein. „Lächerlich!"

„Einer der Burschen in der Gruppe, der dem Greis am nächsten gekommen war, hatte sich gemerkt, dass der junge Kerl eine Kette mit einem auffallenden Anhänger um den Hals und am Finger einen ebenso auffallenden Ring getragen hatte, und exakt diese Kette hatte er bei dem alten Mann gesehen! – Was sagen Sie dazu? Zweifellos sind der junge Kerl und der Greis ein und dieselbe Person gewesen!"

„Wie schrecklich", hauchte das Fräulein und war ganz weiß im Gesicht, sodass sie wie ein Gespenst aussah im faden Mondenschein.

„Wir sollten besser gehen", nahm sie der Ältere behutsam am Arm und trat zurück. „Es gibt Dinge, die sich halt nicht erklären lassen, also Dinge hinter diesen Dingen, die aber durchaus eine Wirkung haben, welche wir nicht unterschätzen sollten. Sie können von uns nicht erfasst werden, sodass es ratsamer ist zu gehen, bevor man sich auf etwas einlässt, dem man nicht gewachsen ist."

„Recht gesprochen", bemerkte die Alte, „wir Kinder waren neugierig wie die Mäuse, aber hier hinein – nein, da dachten wir zu keinem Zeitpunkt dran! Und auch heute bin ich nur mitgekommen, um ihnen den Weg zu zeigen! Jetzt aber gehe ich. Je eher, desto lieber. Wir sind sowieso schon zu lange hier."

„Ich bleibe", entschied der Fremde und auch die anderen hatten noch nicht genug, wenngleich sie einen leicht angeschlagenen Eindruck vermittelten, sodass uns insgesamt drei Gestalten verließen, die alsbald im Dunkel der

Nacht verschwunden waren. Vor den Mond hatten sich schwere Wolken gezogen.

„Frohgemut hinein!" Mit einem Ruck wurde einer der mächtigen Portalflügel aufgestoßen und wir betraten eine riesige Eingangshalle. Der Fremde leuchtete mit einer Lampe umher, doch es war nichts Besonderes festzustellen. Türen hier und dort, da hinten eine große Treppe.

„Hier ist gar kein Staub", sagte jemand plötzlich und es stimmte!

„Natürlich nicht! Staub ist schlecht für Musikinstrumente! Also, was suchen wir zuerst? Das Archiv oder das Klavier?", witzelte der Fremde. Niemand lachte.

„Wir sollten zusehen, etwas mehr Licht zu bekommen", sagte der eine und der andere pflichtete ihm bei, ergänzte jedoch, dass man dazu besser in einen der Räume gehen sollte, wo ein Kamin ist. Wir betraten den nächstliegenden Raum, in dem sich tatsächlich ein Kamin befand, der zu unserer Verwunderung sogar Holz enthielt und nur noch angezündet werden musste.

„Sieh an, wir wurden bereits zum Konzert erwartet, wie aufmerksam", konnte es sich der Fremde nicht verkneifen, entfachte das Holz und mit zunehmender Helligkeit und Wärme wuchs auch die Sicherheit der übrigen.

„Wir sollten hier unser Hauptquartier aufschlagen, um einen gesicherten Ausgangspunkt für unsere Nachforschungen zu haben, wie auch eine gute Rückzugsmöglichkeit im Falle eines unerwarteten Geschehnisses, das zur Flucht oder gar Verteidigung nötigt. Die Türe lässt sich von innen verriegeln, Licht ist da, Stuhlbeine können wir zu Knüppel machen – wir sind, wenn ich das so sagen darf, meine Herren, ganz gut ausgerüstet!", sagte der andere.

„Bravo!", klatschte der eine, „das nenne ich praktischen Realismus!"
Zimmer für Zimmer wurde durchforstet, wobei ich mich nur insofern daran beteiligte, als ich eine Skizze erstellte, um mir einen Überblick über das Haus zu verschaffen. Meine Arbeit interessierte die anderen nicht sonderlich, sie wollten sich nicht mit Papierkram abgeben, und somit oblag es ihnen, das Unterste zuoberst zu kehren, wobei sie allerdings mehr Unordnung anrichteten, als Entdeckungen machten. Enttäuscht versammelten wir uns in dem ersten Raum, wo der Fremde seinem Unmut Luft verschaffte.

„Solch ein Unsinn", ereiferte er sich, „hier ist nichts zu finden, das Gemäuer ist eine Bruchbude, reif zum Einreißen, mehr auch nicht! Die ganzen Gerüchte sind nur lanciert worden, um Touristen anzulocken. Und Staub gibt es hier keinen, weil die Dörfler ihre beste Attraktion schön sauber halten. Nach solch einer Schufterei wie eben wäre irgendwas Sensationelles das Mindeste als Lohn, aber hier hat's ja noch nicht einmal eine Geheimtüre! Wenn ihr mich fragt, ist das alles ein großer Betrug, und dafür ist mir meine Zeit zu kostbar. Ich verschwinde."
Die beiden anderen überlegten; unschlüssig, ob sie ihn begleiten sollten oder nicht. „Wir hätten bei Tage suchen sollen", klagte der eine. „Am Tage werden wir mehr sehen", pflichtete ihm der andere bei.
Wachsam sah ich sie an. „Wollen Sie wirklich schon aufgeben? Schließlich waren wir noch nicht überall!"
„Was?", entfuhr es den beiden da.
„Ja", sagte ich, „während sie hier alles durchsucht haben, fertigte ich diese Skizze an; alles folgt einem Muster und

deshalb glaube ich, den Raum, den es durchaus gibt, finden zu können."

„Ein geheimer Raum?", fiel mir der eine ins Wort.

„Wo ist er? Finden Sie ihn? Zeigen Sie ihn! Führen Sie uns hin!", drängte der andere.

Unvermittelt hatte ich mich umgedreht und war losgelaufen; es ließ sich nicht mehr feststellen, ob es noch Suche oder schon Flucht bzw. Verfolgung war, die beiden hatten jedenfalls Mühe, mit meinem Gang Schritt zu halten und beschwerten sich sogar über meine Eile, obwohl ich nicht hastig ging, nur zielstrebig, doch sie nötigten mich permanent, langsamer zu gehen und gleichzeitig endlich jenen Raum zu erreichen, als ob ich aus Spaß den Weg verlängern würde, von dem ich ja selbst nicht genau wusste, wie weit er sein würde und wo er letztlich endete. Dann schließlich hatte ich es geschafft! Vor mir war eine Türe, eine sehr kleine und schmale, eine Pforte. Ruhig betrachtete ich sie, während die beiden keuchend und prustend völlig außer Atem neben mir standen, mich aber sogleich weg schoben, die Türe selbst untersuchten und, als sie nirgends den Öffnungsmechanismus fanden, sie mit roher Gewalt aufbrachen. Zu ihrer Verwunderung erblickten sie – nichts!

„Sie waren zu ungeduldig, das war unnötig", sagte ich, „nichtsdestotrotz scheint es sich um das Archiv zu handeln, immerhin sind die Wände mit Regalen und diese wiederum mit Büchern vollgestopft und auch der Tisch dort mit dem Stuhl passt gut ins Bild."

Erstaunt sahen mich die beiden an. „Geht es Ihnen gut?", fragte der eine.

„Sind Sie überfordert?", wollte der andere wissen. „Hinter der Türe ist doch gar nichts!"

„Nichts?", erwiderte ich pikiert. „Das Archiv ist doch nicht Nichts!"
Der andere versuchte daraufhin, sich durch die Türe zu zwängen, doch zu unser aller Verwunderung kam er nicht durch den Türrahmen!
„Weg da!", schob ihn der eine beiseite, versuchte es selbst, doch auch sein Vorstoß misslang. „Wach ich oder träum ich?", murmelte er, „egal, wie ich hineinzugelangen versuche, der Spalt ist zu eng."
„Ja, es hat den Anschein, als würde er sogar mit jedem Versuch enger!", lamentierte der andere, und als sie sich verächtlich abwandten, war der Platz frei für mich und zu ihrer großen Verwunderung vermochte ich den Raum zu betreten, wobei sie mich nicht sehen konnten, ich entschwand schlichtweg aus ihrem Sichtfeld. Hingegen nahm ich sie sehr deutlich wahr, viel deutlicher als zuvor, und mit einem Mal war ich froh, in diesem Raum in Sicherheit zu sein. Ehrfürchtig blickte ich mich um, betrachtete die Bücher; es war faszinierend, ich zog eines vorsichtig heraus, um darin zu lesen, wobei von irgendwoher plötzlich ein Licht schien, dass ich sehen konnte, und erst später merkte ich, dass es die Seiten selber waren, die leuchteten.
„Was tun Sie dort drinnen?", hörte ich die Stimme des einen rufen und ich antwortete ihm, dass ich tief bewegt die Zeilen eines unendlich weisen Mannes las. Die Versuche der beiden, wenigstens in den Raum zu greifen, scheiterten ebenso kläglich und so jammerten sie: „Reichen Sie uns etwas davon heraus! Lassen Sie es uns auch sehen!"
Um ihnen nichts vorzuenthalten, kam ich ihrem Bitten nach, gab ihnen ein Buch über die Schwelle, ihre Hände

entrissen es mir bei der erstbesten Gelegenheit, sie blätterten darin, blätterten und sahen sich dann einander an.
„Das ist Tand!", rief der eine.
„Unbrauchbar! Vorwissenschaftliche Märchen!", stieß der andere hervor und warf das Buch hinein zu mir auf den Boden.
„Aber ich bitte Sie", ermahnte ich die beiden unangenehm berührt, „das Archiv existiert wirklich, bedeutet Ihnen das nichts? Und die Bücher – welch ein Fund, welch kostbarer Schatz!"
„Wollen Sie uns zum Narren halten? Was soll Ihr Gefasel? Der Fremde hatte Recht: Es ist mehr Arbeit, als Lohn dafür herausspringt!", rief der eine sichtlich erbost.
„Haben Sie denn nicht gelesen?", widersprach ich begeistert, „Sie haben es doch selbst gesehen! Es ist das Gütigste und mir Liebste! Einmalig, unerreicht! Sternenlicht, Kraft des Lebens, Quell unendlicher Weisheit!"
„Sie sind ja verrückt!", kommentierte der andere barsch.
„Er ist verrückt", raunte der eine. „Pass auf, gleich gibt er noch vor, das Klavier gefunden zu haben!"
„Kommen Sie wieder raus da! Sie sind überarbeitet, Sie brauchen Ruhe!"
„Mir geht es gut", wusste ich.
„Wir kümmern uns jetzt um alles", befahl der eine. „Das Gelände wird weitläufig gesperrt. Hier war nie etwas, hier gibt es nichts, selbst die Gerüchte werden beseitigt."
„Ja, dieser Ort ist gefährlich, Kinder könnten sich verletzen, Gesindel sich einnisten, kommen Sie jetzt raus da und fort, es wird Zeit!", legte der andere nach.

Unbeeindruckt setzte ich mich an den Tisch und las weiter. Anfangs schaute ich noch zeitweise durch den Türrahmen, um zu sehen, ob sie noch da waren –, und sie waren da, die ganze Zeit über, unbewegt und starr, wie Figuren aus Stein hielten sie ihre Wache. Aber es hörte auf mich zu sorgen. Und eines Tages war es dann soweit: „Ich habe es gefunden! Auch es ist wirklich da!", rief ich.

„Wer konnte auch daran jemals wahrhaft zweifeln?"

Der Silvesterschwur

Hell schlugen die Flammen am Silvesterabend in den Himmel. Noch vor wenigen Minuten hatte eine heilige Ruhe diesen Ort sanft umhüllt und eine klare Stimme war zu hören gewesen, die an jenem Abend von so vielem sprach, wie all die Jahre zuvor, so lebendig, so wahr und Kraft spendend, so verstehend, mitfühlend und befeuernd zugleich: eine Wort-Symphonie. Frische Geistigkeit wehte durch den Raum und der Mann, von dem alles ausging, stand vorn am Pult.
Dann dringen die Rauchschwaden herein. Dicker, zäher, beißender Rauch, weiß wie Wolken, dabei Bote der anderen Kraft. Er sieht es und handelt augenblicklich. Alles geht ganz schnell. Die Flammen lassen das Gebäude von innen erleuchten, doch dies ist Teil der Illusion, denn es war kein innerliches Licht, sondern ein äußeres, den Göttern gestohlenes und zu einer furchtbaren Tat entweihtes. Es frisst sich gierig durch den Bau, der mehr ist als ein solcher, nämlich Haus gewordenes Wort und jener Mann muss mit ansehen, wie das Feuer wild und ungezügelt um sich greift und keinen Winkel verschont. Dort, wo jetzt noch nichts brennt, ist es auch schon gleich da; alles Löschen mit Wasser hilft nichts mehr –, dieses Feuer brennt. Knisternd und knackend zerplatzt jede Faser des Holzes, verliert den Kampf gegen saugende, vertrocknende Hitze.
„Es ist Hitze geholt aus der kältesten Finsternis", vernehme ich. Allein die über dem Ganzen tanzenden Funken stoben vor Freude auseinander, geben zynisch ihren Beifall. Der Wind heulte auf vor Schmerz, den Hohn

nicht länger ertragend und heize doch das Feuer nur mehr an.

Inmitten dieses Chaos' erblickt mein Auge dann ihn, vom Schmerz gezeichnet, aber selbst jetzt ist seine Kraft ungebrochen, ist er Vor- und *wahres* Leitbild. Jetzt, in der Stunde der scheinbaren Niederlage, feiert er den sichtbarsten Triumph.
„Konnten Sie das nicht voraussehen?", fragt jemand verbittert-unerbittlich-vorwurfsvoll. Welch Hohn! Er hatte doch schon Jahre zuvor unermüdlich davor gewarnt! Sein Blick bleibt gütig. Er antwortet milde: „Sie sehen die Sonne aufgehen am Morgen und niedergehen am Abend; und doch geschieht es auch, dass sich der Mond einmal vor die Sonne schiebt, sodass Dunkelheit herrscht, wenn eigentlich Tag sein sollte. Das kann uns missfallen, aber ändern können wir es nicht, denn es obliegt dies höheren Gesetzen. Nun könnten Sie einwenden, gerade ich sollte dies nicht als Erklärung anbringen, aber es war auch nicht als Ausrede gedacht. Sie verstehen", doch der andere wand sich bereits ab.

Der Mann aber steht vor den schwelenden Trümmern, den Blick nach vorne gerichtet und das Bedürfnis ist da, ihm zu helfen, doch schleicht sich die Furcht heran, zu klein dafür zu sein und man verzagt, *ihm* Hilfe anzubieten, dabei ist es jedem möglich, das neu mit aufzubauen, was vernichtet worden ist: das Haus des lebendigen Wortes.
Den Grundstein dafür legte er in jener Nacht und eine Teilnahme ist gegeben durch die Entdeckung des Geheimnisses des Silvesterschwurs, der im Stillen entfaltet wird.

Nachwort

Kraft der Mitte

Du möchtest immer mehr,
als dir die Gegenwart bietet:
ein schöneres, stilleres Dasein,
mehr Liebe.

Du erwartest von der Zeit immer mehr,
als sie dir gibt.
Du wartest, aber –
du wartest vergeblich.

Erwarte nie etwas!
Freue dich, wenn dir Schönheit begegnet!
Lasse dich nicht zerstören, wenn dir Zerstörung begegnet!

Denn alles Geschehen ist Führung
zu Geheimnissen.

Im Erringen dieser Geheimnisse,
im Darleben deiner Werte
für die Gemeinschaft
sei dein Glück.

(Paul Bühler)